獣人王の側近が元サヤ婚を願いまして
Sin Inazuki
稲月しん

CHARADE BUNKO

Illustration

柳ゆと

CONTENTS

ずっと望んでいた。あいつが戻ってきて愛していると言うのを。

その言葉さえ聞ければ、すべてが元どおりになると信じていた。

けれど一年、二年と過ぎていく中でその自信が揺らいでいく。そうして年月を数えるのを忘れたころには……もう心を取り戻せなくなっていた。

『ライン』

夢の中であいつが私の名前を呼ぶ。

『ライン、愛してる』

あいつが今更そんな言葉を言うはずがない。

早く……早く目を覚まさなければ。そうしなければ私はこのまま溺れてしまう。欲しかった言葉。欲しかった温もり……。心は悲鳴を上げたままなのに、受け入れてしまいそうになる。

『ライン』

私の名を呼ぶ声に耳を塞ぐ。

『ライン』

甘い、甘い響き。

『愛してる』

ああ。本当にひどい夢だ。

お前なんて愛していないと言えれば、どんなに楽だろう？

「妃の叔父が、来ない？」

二ヶ月後に控えた国王の結婚式。このたび、うちの国王陛下は無事に番を得て、おまけに宝玉なんて幸運まで引っさげての慶事に国中が歓喜に沸いた。番を題材にした劇や読み物も大いに流行って城下ではすでにお祭りのような騒ぎだ。

大陸の五つの国の中で一番の勢力を誇る国、デルバイア王国。よく翼を広げた鳥に例えられるこの大陸で、右翼に当たる大半の部分がデルバイアの国土だ。

中央に大きな湖や平原があり、その国力は他の追随を許さない。

一番の特徴はここが獣人と呼ばれる者の国であるということ。

獣人は人と獣の魂を合わせ持って生まれ、大抵が両方の姿を持っている。

人でありながら獣でもある獣人は、身体能力に優れている。魔法を扱うことに長けた者も多く、その戦闘能力は高い。それだけの力を持ちながら他国を侵略しないのは、自国の土地が肥沃であること。それと平和を好む者が多いからだ。

獣人たちは決して好戦的ではない。中にはそういう者もいることは否めないが、自分たちの土地を守れればいいという意識の者がほとんどだ。

かつて人間から戦争を仕掛けられたことがあったが、それを退けた先祖たちは争いをなくすために国を閉ざすことを選んだ。接触は最小限に。獣人の強さに神秘性を持たせることで不可侵の空気を作り出した。

人間の国との交流がないわけではないが、少ない。獣人たちも国の外へ出れば獣化することはなく、その身を明かすこともしない。そうして平和は保たれている。

俺はガスタ・レスター。デルバイアで将軍なんて職に就いている男だ。

種族は虎(とら)。金の毛に黒の縦縞(たてじま)模様の、猫科の肉食獣だ。よく獣化したときの毛の色が外見に反映されることが多いが、俺の髪は黒一色。これには本当に感謝している。あの毛並みそのままの髪の色だけは勘弁してほしいところだ。

混乱を極めた時代ならば、将軍といえば大きな権力の象徴だっただろうが、平和な時代が続けば名前だけの閑職だ。時折、小競り合いに駆り出されたり、なにかの催しに呼ばれたりといいように使われるだけである。

だったらどこかの老人にでも任せればいいのだが、八年前に突然前王が崩御し、王位を継ぐことになった五つ年下の幼馴染(おさななじ)みを助けるためには必要なものだった。

代々武人を輩出する家柄で、俺が就任するまでその肩書は祖父のものだったのも助けとなった。父を飛ばして将軍職を得るのに反対がなかったわけではないが、若いころに冒険者として得た名声も役に立った。獣人は強い者が好きだ。

国王であるゼクシリアは若くして王位に就きながら手早く国を纏(まと)めた。今も善政を行い、賢王とまで讃えられている。まあ、幼馴染みとしては少し思い込みが強い外面のいい男でしかないのだが。即位が二十二歳だったから今はもう三十か。いい年齢を迎えながらゼクシリアが今まで妃を迎えなかったのにはわけがある。

「ああ。お前も一度会っただろう。シャウゼの王都でロイの面倒を見てくれていた人だ。ロイにとってはもうひとりの父親のような存在らしい。こちらへ来ないとの知らせにロイが悲しんでいる」

今回、妃に迎えることとなった相手とはゼクシリアの番だ。

番という存在はすべての獣人にいるわけではない。だが、出会ってしまえば強烈に惹かれて、その相手以外には考えられなくなるのだという。

ゼクシリアの場合は出会った瞬間に一気に感情が持っていかれたらしい。番のことしか考えられなくなり、自分の優先事項が変わってしまったと聞いた。

だが、その愛すべき番は長らく所在不明だった。

出会ったときに囲ってしまえばよかったのに、逃げられたのだ。

それから十年、探しに探してやっと見つけた番をデルバイアに連れて帰ってきたのが半年前。

半年、経つのか。

ゼクシリアが番を追いかけた先で再会した人物を思い出す。

久しぶりの再会だった。けれどゼクシリアの番を優先しなければならなくて、帰国も慌ただしく話をする間などなかったのだが……。

それ以降、ずっと頭から離れない。

ふとしたひょうしにぼんやりとしてしまうのはあいつのことを考えてしまうからだ。

「お前、知り合いのようなことを言っていたな？　なんとか説得できないか？」

「……たいした知り合いじゃない」

ゆっくり目を閉じる。瞼（まぶた）の裏に浮かぶのは再会前の若い姿。そういえばその容姿は、よく似ていたなと思う。雰囲気が違うので認識してはいなかったが、俺がゼクシリアの番をすんなり受け入れたのは、あいつに似ていたからかもしれない。

「別に招待客がひとり減ったところで大騒ぎには変わりない。すぐにさみしさなんて忘れるさ」

「いや……だがな、もし叔父上が来ないなら落ち着いてから顔を見せに行ってもいいかと聞かれて、だな」

「それがどうした。別にいいんじゃないか。妃としての公務を押しつける気はないんだろう。少しくらい国を空けても問題ない。もともとここ数年は諸国を回るつもりで準備していたんだ。お前がついていっても大丈夫だぞ？」

「それは無理だ！」

ゼクシリアが悲鳴のような声を上げる。

なんだ？　国を空けるのが心配なのかと考えた俺が馬鹿だったと、次に吐いた言葉で思い知る。

「シャウゼまでの往復が二十日ほど。滞在が三日ほど。加えて旅立つ前の一週間ほど……およそ一ヶ月もの間、ロイを抱けなくなるんだぞ！」

「……」

俺が冷たい視線を向けたことに気づいたんだろう。ゼクシリアはごほんと咳払いする。

「宝玉が奇跡だというのはわかっている。同じ人物が二度妊娠した前例がないこともわかっている。だが、可能性がゼロではないなら禁欲するしかないだろう」

ゼクシリアの番は男だ。

通常、同性で子は生まれない。それは人間でも獣人でも変わらないのだが、ここにはひとつだけ例外が存在する。

両者が番であること。雄となる者が稀に見る力の持ち主であること。そのふたつの条件が揃えば子ができることがあるのだ。生まれる子はその珍しさから宝玉と呼ばれる。

まさしく宝。

魔力にしろ、身体能力にしろ宝玉は飛び抜けている。一族の宝で、獣人の宝だ。

ただ女性同士であれば問題ないが、男性同士の番が妊娠した場合、当然体に子を育てる場所はない。子が腹にできて大きくなれば母体も子もそのまま命を落とす。

そのため、鳥族の卵に子を移して生まれるのを待つことになるのだが、鳥族は卵を移動させることを極端に嫌うし、子を卵に移すためには特別な技能を持つ卵核師という存在が必要となる。他国に滞在中に妊娠なんてことになると大騒動だ。

実際にその大騒動が起きたのが半年と少し前。

番に出会って浮かれたゼクシリアはなんの対処もせずに一夜をともにした。まさか一度で妊娠するなんて奇跡が起こるとは考えもしなかったが、その起きてしまった奇跡のあとを思い出すと胃が痛くなる。

状況が違うとはいえ、さすがのゼクシリアもあの騒動を繰り返す気はないらしい。

「……入れなくてもやりようはあるだろう」

「それこそ無理だ。どうして入れられずにいられるんだ！」

自身満々に言われても脱力感しか覚えない。

「で、そんな馬鹿な理由のためにお前は俺になにを要求するつもりだ？」

「……叔父上を迎えに行ってくれないか？」

その言葉にわずかに目を見開く。説得と言っても手紙を書く程度だろうと思っていた。

「たいした知り合いではなくても面識があるんだろう？　結婚式まではあと二ヶ月ある。向こうに出向いて説得してくれないか？」

自分が抱いた感情が歓喜であったのか恐怖であったのかはわからない。ただ、動揺したことは間違いない。

「妃の両親は？　叔父の姉弟なんだろう？」

「消えた」

「は？」

「いや、国内にいるのは間違いないんだが、先日北の山脈に知らない薬草があるかもとふたりして旅立った。結婚式には戻ってきてくれるだろうが連絡がつかない」

そういえば薬草を求めて諸国を回るような生活をしていたとも言っていたか……。

「頼むよ。叔父上を説得してくれればロイが喜ぶ。その顔を見たいんだ」

だらしなく下がっている目尻に何度目かの溜息をつく。

少々情けない理由ではあるが、友人として臣下として断るほどの要件ではない。将軍などと呼ばれていても今は結婚式に向けての警備計画の策定がほとんどで……簡単に言えば面倒なだけだ。

断る理由を必死で探して……だが、途中で過去にこだわる自分がおかしくも思えてきた。もう十年以上も前の話だ。俺がどう思っていたところで向こうはなにも感じないだろう。

「わかった。行こう」

気づけばそう答えていた。

「すみません、こんなことを将軍にお願いするなんて」

妃が深々と頭を下げそうになるから慌てて止めた。

金色の髪にデルバイアの深い森を閉じ込めたような緑の瞳（ひとみ）……。改めて見てみると妃の容姿は叔父だというあいつと本当によく似ていた。

どこかぽやっとした雰囲気に最初はぼうやなんて呼んでいたが、もうそんな呼び名ではいけない。この子はもうすぐ王妃となる。

「本当に申し訳ありません。あの、できればこの手紙を叔父に。旅の邪魔になるようでしたら捨ててもらっても構いませんので」

捨てるなんて発想はどこから出てくるのか。差し出された封筒はかさばるものでもない。荷物の中で折れてしまうといけないからあとで小さな箱でも用意しておこう。王妃の手紙を粗略に扱うわけにはいかない。

「かしこまりました。このガスタ、必ず叔父上にお届けしましょう」

恭しく手紙を受け取ると彼は困ったように笑う。

「もう、からかわないでください。まだ僕は……」

「いいや、こういうのに慣れてふんぞりかえるくらいじゃないとダメだ。戻ってくるまでに偉そうな態度を身につけておけよ？」

「がっ……がんばります」

消え入りそうな声に、これは無理そうだと笑う。まあ、急に偉そうになれる人間だったら妃とゼクシリアの揉め事はなかっただろう。今思えば笑い話だが、あのときは本当に大変だったのだ。

「お願いします」

「そういうときは『行け』とだけ命じればいいんだ」

いや、でも……と慌てる姿はあまり記憶の中のあいつとは重ならない。容姿は似ていても性格はまったく違う。

預かった手紙をじっと見つめる。

これがまた俺とあいつを繋ぐことになるのかと思うとただの紙切れがとてつもなく重いものに感じた。

出発を数日後に控えて、俺は大広間に来ていた。

ここは舞踏会等、大規模な催しが行われるときに利用される場所で普段は誰もいない。その壁沿いにいくつかの彫刻があり、そのうちのひとつの前で立ち止まる。

水を汲む、少女の像だ。

流れるような髪に、柔らかな微笑み。少女と大人の中間のような、危うい美しさ。少しうつむきがちなその瞳は下から見上げると視線が合いそうで合わない。

美しい仕上がりだが、この像には残念なところがある。

完成を直前に一世一代の傑作ができたと祝杯をあげた作家は最後の仕上げを酔っぱらったまま行った。そして、少女の手を両方右手にしてしまったのだ。

それをそのまま国王に献上する作家も作家だが、咎めることなく、この大広間に堂々と飾る当時の国王もまた豪胆な人だ。この少女の像自体も好きではあるが、むしろそのエピソードが好ましく、小さなころからこの像をよく眺めていた。

「少し似ているかな?」

今まで気にしたことはなかったが、今から迎えに行こうというあいつの面影が重なる。

「どっかに行っちゃうの?」

そんなことを考えていると、足元に小さな塊がぶつかってきた。

これでは歩き出せない……ああ、でも随分力が強くなった。ライガルの屋敷にいたときはまだおぼつかなかった足取りもしっかりとしてきている。宝玉と呼ばれるこの子の成長は早い。生まれて三ヶ月ほどだが、人の子ならば二歳くらいの見た目だろうか。

「ロアール」

随分と俺に懐いてくれているゼクシリアの子は、眉をぐっと寄せて泣き出す寸前だ。白い髪は、光に当たると少しだけキラキラ輝く。母親の金の色が混ざっているようだ。成獣となればさぞかし美しい毛並みの狼になるだろう。

脇の下に手を入れて抱き上げると一瞬、顔がほころびかけて……だが、すぐにまた泣きそうな顔に戻った。

「誰かに聞いたのか？」

「かあさまがおじさんに手紙書いてた。それをガスタが運ぶって」

ああ、先日預かった手紙のことか。片手でロアールの体を支えて抱いてやるが、その表情は暗いままだ。

「すぐに戻る。ずっといなくなるわけじゃない」

「おれも行きたい」

「ロアール。それではお前の母様が悲しむ」

「それはだめ」

「じゃあ、お前の一番を間違えてはいけない。お前の一番が母様なら、他を諦めなきゃならないときがある」

「……ガスタの話はむずかしい。ぜんぶは無理なの？」

「母様のそばを離れて母様を守ることはできないだろう。ゼクシリアに任せるか？」

ぶんぶんと首を横に振るロアールに思わず笑みがこぼれる。少しは仲良くなってきたかと思ったが、まだ完全とはいかないらしい。

「一ヶ月ほどで戻る」

「一ヶ月ってどれくらい？　五回くらい寝たら一ヶ月になる？」

小さなロアールの世界では五回寝た先は随分長いんだろう。出てきてしまった狼の耳に元気がない。

「残念ながら三十ほど寝たあとだな」

「さ、んじゅ……！」

ぱちぱちと瞬(まばた)きをしてから、自分の両方の手を眺めるロアール。きっと三十を数えようとしたのだろうけれど、その指では足りないと気づいたらしくふにゃりと眉を下げた。

このままでは耐えている涙がこぼれてしまいそうだ。

「じゃあロアール。俺と約束しよう」

「約束？」

「ロアールは強くなりたいんだろう？　では剣を持て」

「……剣！　いいの？」

「あとで魔法の木刀を渡してやる」

「魔法の木刀？」

「ああ。それで練習すると、数倍強くなれる。俺も昔はその木刀で練習した」

ぱっとロアールの顔が輝いた。

剣を握るのにはまだ早い年齢だ。おそらく最初は木刀を構えることすら難しいだろう。だが子供とは不思議なもので、ただの木刀であってもそれに魔法がかかっていると信じていれば力を出せる。木刀にかかっている魔法は魔法とは呼べないほどの『安全に』だとか『健やかに』だとかそういったお守りの類いだが、嘘ではない。

「出発までまだ少しある。その間に練習の仕方を教えるから、俺が戻ってきたときには成長した姿を見せてくれ」

基礎を教えて、あとはザウザにでも任せよう。ザウザはお調子者だが、子供の扱いが上手い。それに牙や爪を持たない鳩という種族でありながら軍人となれたのは技術の高さからだ。力に頼らないあの剣技は小さなロアールを任せるのにちょうどいいだろう。

「わかった！　おれ、がんばる！」

やっと笑顔に変わったロアールを大きく掲げてやる。しばらくの別れになるが、強くなることに貪欲なこの子ならきっと大丈夫だろう。

「無事に帰ってこられるように祈っていてくれるか？」

「まかせて！」

ほんの一ヶ月でもきっとこの子は大きくなるのだろう。

帰ってきたときが楽しみだ。

あいつと再会した場所を前にして俺はまだ躊躇していた。

シャウゼという国の王都。その中にある、なんの変哲もない小さな商店。

人間にしては魔術を扱うことが得意だった。獣人ほどではなかったが、それでも戦闘の腕と合わせればじゅうぶんに使えるほどの能力で、冒険者としてそれなりの名声を得ていたが、俺もあいつももう三十五だ。いつまでも冒険者は続けられないことを考えれば早いうちに商人として働いていてもなんの不思議もなかった。

半年前、ここで再会したとき……変わっていないと思った。

押し寄せる感情はとうの昔に置いてきたはずのものだった。だからことさらなんでもないようにふるまった。変わっていないのはあいつじゃなくて俺のほうだと気づいたけれど、それを口にしてしまうには年月が経ちすぎていた。

それは随分昔のことだ。

俺には愛しいと想う相手がいた。人間ではあったが人間と獣人が結ばれることは案外、珍しくない。獣人同士が異なる一族と結ばれる場合、その子供がどちらの種になるかは運任せだ。しかし人間が相手の場合は確実にその一族の子が生まれる。一族の血を大切に扱う……とりわけ、貴族という者たちの間で親族が集まればひとりくらいは人間がいるものだ。

まあ、子を設けるわけでもない男同士となると数は減るだろうが、それもいないわけではない。他国との交流が少ないとはいえ、まったくないわけではないのだから。

ふわふわした金色の髪にデルバイアの緑を閉じ込めたような瞳。

正直に言おう。ひとめぼれだった。

番かと疑うほどに惹かれたのだ。向こうはそうではなかったけれど。

何度も邪険にされたし、喧嘩も一度や二度ではない。でも、ゆっくりあいつに受け入れられていくのが楽しくて、幸せで……。

最初に肌を重ねた、その朝にした求婚をぽかんと口を開けて聞いてるあいつが愛しくて。

それからあいつの唯一の肉親である姉に挨拶に行き、その夫である熊みたいな男と意気投合して嫉妬されたり。幸せでたまらなかったのに。

運命は、残酷だった。

俺の家族に会わせようとふたりでデルバイアを訪れた。

結果を知っている今の俺ならやめておけと全力で止めるだろう。

そこであいつは出会ってしまう。

番だ。

獣人にとっては運命。抗うのは難しい。

おかげで番う連中の周囲には悲劇だらけだ。まさか自分がそれに巻き込まれるなど考えたこともなかった。

あいつは苦しんだ。いっそ本能のまま狂える獣人であればよかったのに。

でも苦しんだところで結果はわかっていたんだ。

番の運命には逆らえない。それはこの国の常識で、俺が身を引くのは決められた未来のように当たり前のことだった。

良識のある周囲の人間がこぞって言う。解放してあげなさい、番は一緒にいることが幸せだと。俺だって巻き込まれたのが自分でなければ知った顔でそう助言していただろう。

追い詰められておかしくなりそうだった。

そうして、諦めた。

諦めてしまったんだ。俺は。

ふたりが結ばれるところなど見たくはなくて、あいつを置いて国を出た。

四、五年ほど各地を彷徨(さまよ)っただろうか。

戴冠したゼクシリアから助けてほしいと言われて久しぶりに帰郷した俺は、あいつの番が病を得てたった一年でこの世を去っていたことを知る。

だからなんだと言うんだ。

俺は逃げた。番同士、一緒にいることが幸せだろうと手を離した。

あいつに関してわかっているのは……番を失ったあとに消えたことだけ。今更探したところで見つかるはずもない。俺はそうしてまた諦めた。

扉を開けると、ちりんと上部の小さな鈴が音を立てた。

ふわりと漂うのは乾燥した植物の匂い。独特なその香りは薬草を多く取り扱っている店だからだろう。

店の壁沿いに小さなカウンター。その手前には低い棚があって、食器等の日用品が並んでいる。隅々まで掃除が行き届いていて、入ってすぐにいい店だとわかる。あいつらしいと思ったら自然に口角が上がっていた。

ぱたぱたと走る音。

きっと扉が開いたときの鈴の音があいつを呼んだ。

どんどん近づく足音に、体の奥が熱くなったような気がした。

「お待たせしまし……」

奥から顔を覗かせたラインの声が止まる。その唇が小さく俺の名前を呟くのを見て体が動いた。

距離が一瞬でなくなる。

あと、少し。

手を伸ばせば触れられる……！

そう思ったとき、空気を切り裂く音が響いた。

右からの、拳。受け止めたのは防御のためというよりはそのほうが早く触れられると思ったからだ。

「くっ」

ラインの、手。

それを掴む自分の手が焼けるように熱い。

「随分な挨拶だな？」

十数年ぶりのラインの体温はあっという間に俺を侵食していく。動揺を悟られないように冷たい声が出たのは、もはや職業病だろうか。

「放せ」

思ったより力を入れすぎているのかもしれない。だが、その言葉に従う気などなかった。

「ここは商店だろう。客にいきなり殴りかかるのはどうかと思うが？」

自分がこれほどの情熱を持っているとは思っていなかった。

ラインを置いて国を出てからもう随分長い時間が過ぎたのに、想いは色褪せることなく息づいている。

どう、告げよう？

一瞬で頭の中がそのことで埋め尽くされる。

過去に自分がラインを捨てたことも、ここに来るのにさんざん躊躇したことも、全部どこかへ吹き飛んで俺はただ愛の言葉を探していた。

単純すぎる自分に呆れるが、それは嫌な感情じゃない。

ふと視線が重なる。

その瞬間にラインの顔が歪み……俺はようやく自分の立場を思い出した。

「……会いたくはなかったか？　昔の男など」

昔の男。

しかもラインにとっては自分を捨てた男だ。

ラインの幸せを願っていたのだ、なんて綺麗事は言わない。他の男のものになってしまうのを見ていられなくて逃げただけ。

拳を摑む手に力がこもる。ラインの顔が歪むのを痛みのせいにしてしまいたかった。

「ああ、そのとおりだな」

「うちのお妃様がお前に会いたいとおっしゃられてな。俺は迎えに来たんだ」

迎えに来た。

堂々とそれだけを言えたならよかったのに、俺はゼクシリアの妃となるロイを言い訳にする。ラインが唇を噛むのを止めたくて……手を伸ばしかけて……結局できずに小さな溜息をついた。

かわりに力を緩めるとラインが大きな動作で手を振り払う。その目にはかつて俺を見るたびに宿っていた温かさを見つけることはできなかった。

「眼鏡……」

ああ、少しだけでも遮るものがあってよかった。

「……？」

「眼鏡、かけるようになったんだな」

冒険者だったころはなかったそれが過ぎた年月を思い出させる。

「ああ。書類の仕事が意外に多くて」

まっすぐな性格はそのままだ。素直に答える必要なんてないのに。

「老眼か」

からかうと、すっと目を細める。負けず嫌いな性格は変わらないらしい。

「そんな年じゃない」

不機嫌なときにその瞳で見られると、よく喧嘩になった。

昔の、話。

そう。昔の話だ。ラインの癖が変わっていなくても、俺たちの関係性は変わってしまったのだから。

ようやく頭が冷静になり始める。

再会したからなんだというんだ。

俺とラインの間にはもうなにもない。

ラインは俺と別れて……短い間でも本物の愛を知ったはずだ。俺たちの間にあったものが偽物だったとは思わないが、番の愛には勝てない。たとえ相手が亡くなっていても、きっとあの男を想っているのだろう。

その証拠にロイから聞いた叔父は彼を育てている間も働き始めて手を離れてからも、恋人を作らなかったという。

「結婚式に」

大きく声を張り上げたのはなにか理由が欲しかったからだ。

「結婚式に出ないのか？　俺が気に入らないからと甥っ子の晴れ姿を見ないのはもったいないだろう」

ここに来た理由。

ただ会いたかったのだということ以外の正当な理由が俺にはある。そう、本来の目的はそれのはずだ。

「お妃様から手紙を預かっている」

俺はラインに会いに来たのではなく、自国の国王夫妻に頼まれて妃の叔父を迎えに来た。そう虚勢を張らなければ、ただ会いたかったのだと言わなければならなくなる。

俺だけが会いたかった。

俺だけが、まだラインを想っている。

それを素直に認めるには少し年をとりすぎた。声高に理由を叫ばなければここに立っていられないなど、情けない話ではあるけれど。

「昔のことをいつまで気にしている？」

先ほどあれだけ必死に頭の中で愛の言葉を探したことなど嘘のように冷静に問いかける。

「……デルバイアには思い出が多すぎる」

ラインがゆっくり腕を組むときは怒っているときだ。表情を消すときも。

俺が綺麗な思い出の中に無遠慮に踏み込んだことを怒っているのだろうか。

ラインのデルバイアでの思い出とは愛しい番と出会った物語。俺はさしずめ当て馬だ。しょせん脇役。主人公ふたりの引き立て役。

「そんなにあいつを愛していたのか」

聞くべきではなかった。聞きたくもなかったのに、口をついて出た言葉はもう取り消すことはできない。

「それを聞いてどうする？」

本当に、どうするつもりなのか。

『愛していた』

ラインが俺にそう告げることを想像しただけで心臓が抉られるようだ。咄嗟に声が出なかったのは、鼓動が止まってしまったからかもしれない。

「……頼むからほうっておいてくれ」

はっきりとした言葉はなくとも、逸らされた瞳は肯定にしか見えない。

そんなに番の男を愛していたのかと気分が落ち込むのと同時に、俺は自分がまだわずかに希望を抱いていたことを知る。

愛した番がいなくなったラインは俺を気に留めてくれるんじゃないか。

もう何年も経って、傷は癒えているはず。そうして俺が目の前に現れたら少しは恋人だったころを思い出すのでは……と。

「ライン」

絶望の中、名前を呼ぶ。

けれど静かに閉じられた目は俺を拒絶していた。

「デルバイアには愛した男との思い出が多すぎるんだ。行けば、心が血を流す」

ラインが忘れていないのは番だったあの男。

死んでなお、ラインの心に居座り続けているあの男。

「もう、忘れてもいいいんじゃないか？」

声が掠れる。

それは懇願に近かったかもしれない。

「……消えろ。お前の顔なんて見たくない」

「ライン」

「消えなければ、殺す」

開いた瞳が強い光を宿して俺を睨みつける。

その瞬間に俺の心を占めた想いを表現するのは難しい。だが、俺はラインの目がまっすぐに俺を見たことがただ嬉しかった。

殺す、なんて物騒なことを言われて心が弾むのは相当に末期かもしれない。

ラインが俺を強く想う、その心が恋情かどうかなんて関係ない。今、ラインの心を占めているのはあの男ではなく俺だという事実にどうしようもなく興奮した。

「お前に殺されるなら、それもいい」

足を踏み出すと、ラインが怪訝に眉を寄せる。

「ライン」

俺は……俺の想いは少しも変わっていない。色褪せるどころか、あっという間にあのころに引き戻されて、より強く。

「いっそ、憎め」

一気に距離を詰めた。

引き寄せて、その体を手の中に……。ああ、昔と同じ香りがする。

「なっ、なにを……っ」

赤い唇が間近で声を紡ぐのを見たら、もうがまんはできなかった。同意など得られるはずがないのだから無理矢理でいいだろうなんて雑な動機で唇を重ねる。

叫ぼうとしていた。

悲鳴かもしれない。

何度も背中を叩かれ、足を踏まれ、全身で暴れられるが……ラインと唇を重ねる幸福に比べれば肉を抉られたとしても痛くはなかった。

つまり、ラインの抵抗なんて俺にとってはささやかなもので……。

ああ、ライン。

ラインだ。

俺の腕の中にいるのは間違いなく、ラインなのだ。

全身をめぐる歓喜をただ、キスに乗せる。

腰を引き寄せ、少しの隙間もないように。

頭を摑んで、より深く重なるように。

影がぐらぐら揺れる。

理性などとうの昔にどこかへ吹っ飛んで……ただラインの唇を貪り……。

ひときわ大きく影が揺らぐ。

ふわりと体を光が包み込んだ。この感覚はよく知っているものだが、まさかと動揺が走る。

「――!?」

気づいたら、虎の姿でラインを床に押さえつけていた。

「……」

何故だ？

突然獣化してしまった自分に驚いて、瞬きするけれど現実は変わらない。確かに気が高ぶって影が揺らいではいたが……獣化を促すほどではなかったはずだ。なにか他の力が働いたのかとも考えるが、心当たりはない。

「……何故獣化した？」

ラインに聞かれて自分でもわからなかった。

虎の姿で首を傾げると、ラインが大きく息を吐く。

「どけ」

そう言われて、素直に体を避ける。俺はラインとキスしたかったのだ。獣化したかったわけではない。そして獣化を解かなければ続きはできない。

ぶるり、と体を震わせて人に戻ろうとして……。

俺は呆然とした。

「どうした？」

「……」

できないんだ、と答えようとしてさらに混乱する。

ぐるる、と喉は鳴ったが声が出ない。

普通ならば獣化しても人の言葉を操ることができるのに、今の俺は……。

どうしようもなくてその場をぐるぐると回る。

落ち着け、落ち着け。

人化できないなど、そんな馬鹿なことがあるはずない。人の言葉をしゃべれなくなるなんて獣化が安定しない子供ならまだしも、この年でそんなことになるなんて聞いたこともない。

「ガスタ？」

ガスタ！

その声に、ぴたりと視線を合わせる。

ラインが呼んだ。

ラインが、俺の名を呼んだ。

嬉しくてしっぽがぴんと立つ。

「勝手にあんなことをしておいて……！　獣化してとぼけるつもりか！」

ぐる、と喉を鳴らしてラインの頬に頭を擦(こす)りつける。

とぼけるつもりなどない。なんなら続ける気満々だった。獣化さえしなければ、そのまま首筋に舌を這(は)わし、お前の服を破いてその肌に噛(かぶ)りついていた。

「ガスタ……？」

どうしよう、どうしたら伝わる？

俺は俺の意思で獣化したのではない。こんなこと小さな子供のとき以来だ。獣化がコントロールできないなんてこと……。

このままラインを舐(な)めたい。

舐めたいが……虎の舌はざらざらしているから、きっと白いその肌を傷つける。

だから頭を擦りつけることでがまんする。今の俺の選択肢の中にラインから離れるというものはない。

文字どおり、すり寄る俺に戸惑ったのかラインが首筋に手を差し込む。

そのまま動かす気配がないので俺が動いておいた。ラインに撫(な)でられているような気がして悪くない。

「なにかしゃべれ！　いつまでとぼけているつもりだ！」

怒鳴りつける声さえ嬉しい。獣化しているせいか、思考が単純になっているのかもしれない。

「ガスタ！」

悲痛な声に……さすがに悪いことをしているような気になってきた。キスを謝るつもりはないが、獣化してしまったことは不本意だ。

しゅん、と頭を下げてみる。

そうっと上目遣いで見上げると、ラインは少し頰を赤くしていた。

これは使える。

ラインは昔から動物好きだった。恋人だったころも獣化をせがまれ、よく虎の姿で添い寝していたくらいだ。きっとラインはこの姿に弱い……！

口を開いてぱくぱくさせてみる。

しゃべる意思はあるのだと伝えたい。

「……え？」

首を傾げて、またしゅんと頭を下げるとラインが何度か瞬きをした。

「もしかして、しゃべれない……のか？」

そう問いかけられて、大きく首を縦に振る。

「急に獣化なんてって思ったけど……それもお前の意思じゃないのか？」

さすがラインだ。俺の言いたいことをわかってくれている。もう一度頷いて顔をすり寄せる。今度は無意識だろうが、ラインの手が動いて首元を撫でてくれた。最高だ。

「お前、デルバイアの将軍なんだろう？　そんなことってあるのか？　獣化がコントロールできないなんて小さな子供くらいだって言ってたじゃないか」

よく覚えているな、と感心する。

俺のことだから覚えてくれているんだろうか？

そんな都合のいいことがあるだろうかと思う一方で、獣化して短絡的になった思考はきっとそうだと結論づける。

耳がぴんと立つ。勝手に前足が動いてラインの体を囲い込む。

ああ、人型ではあんなに暴れられたけれど、この姿ならラインは拒まない。

すりすりと頬を寄せて幸せを噛みしめる。

ラインに触れて拒否されないのなら、もういっそ虎のままでいいのかもしれない。

「な、なにかの呪いなのか？　お前、そういった恨みをどこかで……」

ラインの手が再び首筋に埋まる。無意識だろうその手を俺がどれほど嬉しいか伝えられる術が欲しい。

「……まあ、恨まれないわけはないか。お前はあの大国の将軍だもんな」

その地位にいるというだけで確かに反感はある。まして俺は放蕩息子で、長年国を空けていた。いくら代々の将軍を輩出した家系であっても、この年ですんなりと将軍職に就けたわけではない。

「しかし、その姿では……」

ラインが俺をじっと見つめる。さっきまでの冷たさがなくなり、心配するような視線は少しくすぐったい気がする。

「城へ行くか？　魔術に詳しい方もいるだろう」

即座に俺は首を横に振る。

ラインの態度が和らいだのがこの姿のおかげならば、俺は戻らなくてもいい。

そばにいたい。

一言で纏めれば、それだけの話だ。獣化してラインの匂いや気配をよりいっそう強く感じるせいかもしれない。

「城が嫌か？　まあ、他国に将軍のこんな姿を知られるのはよくないか」

そんなことはない。むしろ、獣化した姿を見せつけるのはデルバイアの強さを誇示すること。恥ずかしさなど微塵（みじん）も感じない。弱みだとも思わない。ただ、城に滞在するようになればラインと離れなければならない。それは嫌だ。

「なにかおかしなところはないか？　呪具をつけられているとか、魔法を刻まれているとか」

ラインがそう言って俺の体を撫でる。わさわさと探るような動きから、おかしなものが俺についていないか確かめてくれているのはわかるのだが……俺にとっては『なに、このご褒美？』だ。

耳の裏を確かめ、前足を持ち上げそのたびに奥まったところをラインの手が探る。

気づけばごろんと仰向けに寝て弱点である腹を晒していたが……ラインにならいい。

俺の体を隅々まで確かめるラインの顔は真剣そのものだ。うん。美人なのは昔と変わっていない。すっとした目元が、真剣な光を帯びて綺麗だ。

このときばかりは少し獣化を後悔する。

自分よりもひと回りもふた回りも大きな獣の体を隈なく調べるのはやはり体力を使う。ましてや今は呪いの類いを調べているのだから魔力も使っているだろう。

ラインの頬が赤い。

額に汗がにじんでいる。

獣化している俺にはラインの息遣いや、匂いが強く感じられて……。

簡単に言えば、押し倒したい。

先ほど合わせた唇の味を思い出して舌舐めずりする。

柔らかかった。

ずっと思い続けていた唇の味は、まるで麻薬のようだ。

昔、ラインの肌に舌を這わせた感触を思い出す。なめらかなその肌は俺が少し吸っただけで簡単にあとを刻んだ。白い肌に残るあとが俺の支配欲を刺激して……やりすぎて口をきいてもらえなかったことは一度や二度ではない。

「見えるところでおかしな場所はないか……」

ラインが手を離して……全身を調べるのが終わったとわかったときには自然にしっぽが下がった。

「仕方ない。やはり一度城に行って保護してもらおう。お前、なにか身分を証明するようなものを……」

持っているかと聞きたいのだろうが俺は首を傾げる。

「お前、まさか荷物までっ……」

ラインは俺が立っていた場所をきょろきょろと見回すが……うん、獣化さえ無意識だったんだ。そのあたりのことに力加減をした記憶はない。

獣人は獣化するとき、身につけていたものを分解する。

魔法で空中に分散させるような感覚だ。そうして人化するときにはまたそれを作り上げる。再構築、とでもいうのだろうか。幼いころに自然に身につく感覚で、俺は服も荷物も……どうやら一切のものを消してしまっているらしい。

服や鞄など馴染んだものは難しくないが、持っている現金などは他人の気配が強く残っていて分解しにくく、残ることも多い。が、今回は綺麗に消えたようだ。

俺の身分を示すものはなにひとつない、ということだな。

おまけに普通の獣人ならば獣化したところで自由にしゃべるが、今の俺はしゃべれない。

つまり。

「これじゃあただの虎じゃないか！」

そういうことだ。

真っ青になるラインとは対照的に俺は上機嫌だ。

俺はラインをよく理解している。

冷たいことを言っても、殴りかかってきても。それはラインの自己防衛だ。ラインは情に弱い。だから親しい友人は作らないようにしている。自分が人より世話焼きで心配性なことを自覚しているからだ。

きっとラインはこうなってしまった俺を放り出すことはできない。

すり、とまた頬を寄せる。

ただの虎である俺は、このまま街を歩くだけで怖がられて狩られてしまうかもしれない。

その肉を毛皮を狙らわれるかもしれない。

ラインがそれらのことに気づかないとは思えないのだ。

「人化できない、身分を証明できない、金がない……どうするつもりだ？」

その問いにラインがどういう答えを導き出すのかわかっているから、俺はこてんと首を傾げるだけだ。

「あっ、手紙！　お前、ロイからの手紙があると言っていただろう！　まさかそれも出せないのかっ？」

ぐる……、と小さく喉を鳴らすとラインは呆れたような顔で天井を見上げる。

昔から思っていた。

助けなくていいのに。

それはお前が背負うことではないのに。

そういう面倒を背負ってしまうラインが危なっかしくて、目を離せなくて。

小さく呟いた、祖国の名はラインの決断を意味している。

「デルバイア……」

人化できなくなった知り合い。おまけに金もなくて、それは呪いの可能性だってある。

それを見捨てられる男ではないのだ。

「……お前、ちゃんと元に戻れたら対価を払ってもらうからな！」

吐き捨てるように言うけれど、今、ラインは『俺を連れてデルバイアに向かう』と宣言したのだ。

「どうして私が……」

ぶつぶつ言いながら、店の奥へ向かう。きっと今から旅立つための準備を始めるのだろう。

昔より、少し痩せたな……。

その後ろ姿を見て思う。

戦闘をすることはなくなったようだから、筋肉が落ちただろうか。でもすらりと立つ姿の美しさは変わっていない。

髪をかき上げる仕草に心が沸き立つ。

ぱたん、としっぽが勝手に動く。

ああ、俺は幸せなのだと思った。

会いに来るのにはゼクシリアと妃の願いだと言い訳が必要だった。そばにいるために必要な理由は今、できた。虎のまま戻れない非常事態だ。これが呪いであっても感謝しよう。この姿でいればそばにいることができる。

俺は……自分の想像以上にラインに焦がれていたらしい。

*

虎がいる。

シャウゼがいくら小さな国とはいえ、王都となるとそれなりに都会といっていい。その中心部にあるはずの私の店に虎がいる。

この不自然さをどう表せばいいのか。

ただ呆れるしかない。

ガスタを階下に残したまま二階の居住スペースに上がった私は寝台の奥にある大きな箱の蓋を開けた。仕入れで数日店を離れることはよくある。そこには旅に必要なものが入れてあるのだが、今回は買い足さなければならないものも多いだろう。

向かう先はデルバイア。

荷馬車を用意しておおよそ十日の距離……まあ、身軽にふたりで行くのだ。八日ほどで着くだろうが、送り届けて終わりではない。このタイミングでデルバイアに訪れてロイの結婚式に出ないという選択肢はないだろう。

結婚式の日程を考えると、二ヶ月以上この家を空けることになる。

頭の中で挨拶をしなければならない取引先や客を思い浮かべ、溜息をつく。

店は完全に閉めることになるからやることは山積みだが、いつまでも虎を街中に置いておくわけにはいかない。

『昔のことをいつまで気にしている？』

ふと……さっきのことを思い出して手が止まる。

重なった、唇。

一体、何故あんなことをしたのか。動揺している私をからかいたかったのか。それとも、頑な態度に腹を立てたのか。どちらにせよ、ろくな理由じゃない。

「ガスタ」

もう呼ぶことはないだろうと思っていたその名前を小さく呟く。

会いたかった。会いたくなかった。

相反する感情に手が震える。

『そんなにあいつを愛していたのか』

馬鹿な、と思う。そのおかしな思い違いはまだ続いているのか。

やはり殴っておけばよかった。

私が番だという男に出会ってから、ガスタは私を信じなくなった。信じない相手と、未来が築けるわけはなかった。

大きく息を吐いて目を閉じる。

こだわっているのは私だけだ。ガスタはもう昔のことだと言ったじゃないか。

「今更だ」

そう、今更。

もう随分昔に終わってしまったこと。

昔の感情を呼び起こすようにキスをしたガスタが、どうしようもなくひどい男なだけだ。

そのうえ、いきなり獣化して戻れませんなんてふざけすぎている。

あいつは虎だ。そのあたりにいくらでもいるようなネズミや鳥ならよかったのに、虎となると目立ちすぎる。珍しい動物をひとめ見ようと人が集まるくらいなら可愛いものだ。だが、きっと誰かはそれを手に入れようとする。生死すら問わない相手に狙われるようになる。

昔馴染みが不憫なだけ。

私は自分に言い聞かせて荷物の確認を始める。

そう、私はガスタのことなどなんとも思っていないのだ。だから助けてやる。

「……今更だ」

もう一度呟いたそのとき、階下で男の悲鳴のようなものが聞こえた。

「あ！」

店は開けていた。

そこにあの大きな虎だ。そりゃあ、訪れた客は悲鳴を上げるだろう。

慌てて降りていくと、腰を抜かしている太った男と反省したように隅でおとなしく座るガスタが目に入った。

太った男の名はビエンタ。二軒先の肉屋の主人だ。私よりふたつも年が下だと聞いて驚くくらいには……その、頭皮のあたりが寂しいが、愛嬌のある顔立ちで誰からも好かれている。

「ちょっ……ラインっ、このとっとっ……！」

虎、とも言えずに震える指でガスタをさす姿はまるで喜劇を見ているかのようだが、笑っては可哀想だ。

「すまない。知り合いからの預かりもので……！　人を襲ったりはしないので安心して」

「安心できないよお」

涙声で叫んで、床を這いながら私の後ろへ隠れる。

「あんな大きな生き物、どうしたんだい！」

さっき説明したことは頭に入っていなかったらしい。

「預かりものだよ」

もう一度言うと、ビエンタは小さな丸い目をいっぱいに見開く。

「預かりもの……飼うわけじゃないんだね？」

どうやらそれが心配らしい。確かに二軒先にこんな猛獣がいるとわかったら安心できないかもしれない。

「ああ。それで、ちょっとこの預かりものをデルバイアに届けなくてはいけなくなって」

「デルバイアだって？　この間、王様が来ていたところかい？」

「ああ、そうだよ。そのデルバイアだ」

「そ……そうかい。じゃあ随分長く店を空けるのか」

私と会話しながらもちらちらとガスタを見ているビエンタは、彼がいつか気まぐれに襲ってくるんじゃないかと心配しているのだろう。今話したことはあんまり記憶に残らないだろうから、またあとで説明しなおさなければならないかもしれない。

「大丈夫。もしあの虎が襲ってきたら切り刻んでビエンタの店で出してくれて構わない」

そういうと、ビエンタの瞳が少しだけ光った気がした。

「虎の、肉」

「ああ」

「……知っているかい？　虎の肉はたいそうな珍味だそうだ。それに病にも効くのだとか」

先ほどまで怯(おび)えていた声がしっかりしたものに変わる。穏やかではない話題に隅っこにいる虎のほうが所在なさげにし始めたくらいだ。

「肉食獣だから味は雑多だろうけど……この虎はどこに住んでいたんだい？　南の森なら獲物は鹿だ。鹿肉を食って育った虎はまた格段の美味らしいんだが……」

ああ、ガスタを見る目が商品を見る目になっている。

「いや、長い間人に飼われているので生きた獲物はあまり食べていないかと」

「なるほど。それなら筋肉はあまりなくて肉が柔らかいかもしれないね」

ガスタがじわりと後退する。ビエンタが私の後ろから身を乗り出したからだ。

「飼われていた方は餌になにをやっていたのかな？　それである程度の肉質がわかるけど」

「さあ。家族のように接してたから、人とあまり変わらないような食事をしていたかも」

「そうか。ならば味つけされていたものも口にしていたかな？　リーズで育てられている豚は香草を食べさせるから臭みがなくてまろやかな味になるというんだが」

限界だった。ビエンタの言葉に対するガスタの怯え具合が面白くて、ついに噴き出してしまう。

再会からこちら、振り回されてたまっていたものが少し晴れた気がした。

それから三日。

旅の準備は慌ただしかったが、ガスタが家でおとなしくしてくれていたから助かった。二軒隣にビエンタの肉屋があると思えば、おとなしくせざるをえなかったのかもしれない。

出発は明け方だった。

ようやく朝の市を始める商人たちが動き始めるような、まだ薄暗い時間だ。

幌のついた馬車の荷台は、ガスタがその中で伸びができるほどの広さを意識したため、大きなものになった。幌を捲ると、少し間を空けた位置に大きな木製の檻を乗せたような造りになっている。

その中には虎のために置かれたとは思えない高級な絨毯とクッションが並んでいた。

美しい模様の絨毯に寝そべる虎は確かに絵になるが……値段を考えるとふざけるなとしか言いようがない。ガスタはそれらを、応接室から勝手に運んだのだ。虎の姿で荷を運ぶのは苦労もあったのだろう。噛みあとや糸のほつれが目立ってもう使い物にはならない。最初にそれを発見したときはビエンタの店に連れていこうかと思ったくらいだ。

ガスタは将軍職で貴族なんだ。この料金はしっかり請求書にのせておこうと頭の中で帳簿を捲る。どうせなら倍くらいにふっかけてもいいだろう。こちらの精神的負担の料金だと思えば心も痛まない。

「ぐるる」

喉を鳴らしたガスタは、無害な動物を装って私に頬を寄せてくる。詫びのつもりだろうか。それとも私が動物好きであることを覚えていて、あざとく許しを乞うているのか。

悔しくてガスタのひげを摑んで引っ張った。びよんと伸びた顔は不細工だ。ざまあみろ。

私の手から逃げるように荷台に顔を突っ込んだガスタは、取りつけられた木製の柵を前足でつついた。荷台がいくら広くても、大きな虎が入ると閉塞感は否めない。

「だめだ、ガスタ。この柵は見かけ倒しなんだから、お前の力じゃ簡単に壊れてしまう」

声をかけると恨めしそうにこちらを見る。柵には錠前もある。閉じ込められるようで不満らしい。

「仕方がないだろう。旅先では虎の姿を見ただけで卒倒するような人たちもいるんだぞ。お前は私の扱う商品で、私は輸送しているだけ。そのための備えは万全なんだと思わせておくほうが問題が少ない。なにかあれば、体当たりで簡単に壊せる。がまんしてくれ」

ぽんと首元に手を置くと、その丸い瞳が少し細められた。ぐるると喉を鳴らして、柵についている取っ手を咥(くわ)えて自分から柵の中に入っていく。

「ありがとう」

にこりと笑って、錠前をかけた。がしゃんという無機質な音が響き、ふんと鼻を鳴らしていたが、これくらいはがまんしてもらわないと困る。

「じゃあ、おとなしくしてろよ。今日はモーラまで移動の予定だ」

モーラはシャウゼの王都から馬車で丸一日ほど行ったところにある村だ。一番大きな街道からは少しずれた道になるが目立たないことを考えてそちらの道を行くことにした。虎なんて珍しい動物を連れての旅だ。慎重に進みたい。

「モーラには取引してる農家もあるし、普通に泊まれると思う。けれど、その先は騒ぎを避けて野宿するからな」

御者台に腰をおろして後ろへ声をかける。モーラの取引先は商売を始めたころからのつき合いだ。こちらから届ける薬もあるし、そこにだけは寄って長期間留守にすることを伝えておきたい。

手綱を動かすと、ゆっくりと馬車が進み始める。後ろに気配を感じて振り返れば、ガスタが真後ろに来て柵に鼻先を押しつけているのが見えた。

まるで私を求めているような姿に……けれどそんなはずはないと思いなおす。きっとそこが一番風通しのよい場所だからそうしているだけだ。

『うちのお妃様がお前に会いたいとおっしゃられてな。俺は迎えに来たんだ』

店に来たときのガスタの言葉を思い出す。

ガスタにとって私など、命令がなければ忘れていたような存在なのだ。そのくせ、からかうようにキスを仕掛けても大丈夫だと思われている。

こんな身勝手な男のことなど、早く頭から追い出してしまいたい。

＊

「うわあ、本当に虎だ！」

幌の隙間から小さな目が覗いていた。もうあたりは薄暗いが、無事に村に到着しラインは宿の交渉に当たっている。宿、といっても村唯一の宿ではなくて懇意にしている農家の離れに世話になるらしい。薬草等の取引もしている相手なので虎の一匹や二匹、受け入れてくれるだろうと言っていた。……ラインと仲のいい相手は豪胆な人物が多いのだろうか。見たこともないような大きな肉食獣が目の前にいれば、普通は慌てふためくものだと思うが。

「近づいたら危ないんじゃない？」

覗き込んでいる小さな目の持ち主には連れもいるらしい。なんとも愛らしい声が続いた。兄妹だろうか。匂いが似ている。

「大丈夫だよ、頑丈そうな檻に入ってるもの」

あくまで、頑丈そうなだけだがな。

一日荷台に押し込められて退屈だった俺はごろりと横になってみせる。それだけの行動で小さな冒険者が「ひゃっ」と驚く声を上げるのが楽しかった。

ゼクシリアの息子は離れている間にどれくらい大きくなっただろうか。宝玉と呼ばれるにふさわしく、その成長は獣人の中においてでさえ、異常なほど早かった。あまり心配をかけまいと妃には『獣人の成長は早い』と告げたがさすがに生まれて一ヶ月で走ることはない。

その身体能力、身に纏う魔力、どれをとっても最上級と言っていいだろう。

きっとこの子はその力ゆえに孤独を味わうことになる。そう思った俺はできるだけ普通のガキのように扱おうと決めた。愛情は両親に任せて、俺はあの子が肩の力を抜けるように少しの悪さと息抜きの仕方を教えようと。まっすぐなゼクシリアと、あのぽやんとした妃では教えられないだろう。幸い、悪さも息抜きにも才能がありそうだ。余計なお世話かもしれないが……ラインに似ている子を見ていると、まるで自分の子のような気分になってくる。

ラインと俺は番じゃない。子はできないとわかっていても、想像したことはある。

顔は俺に似ていたら嫌だな。性格は……うん、性格も俺に似てはいけない。ラインを小さくしたような子がいい。ちょっとだけ生意気で、でも元気で。

今更言ってもどうしようもないが、そんなふうにいつもラインとの未来を考えていた。

再び覗き込んできた小さな目に、今度は大きなあくびをしてみせる。窮屈ではあっても、ラインとの旅だ。機嫌がいい俺はサービス精神に溢れている。

「くっ、口が大きいっ！」

「え、そんなに？」

はらり、と幌が捲られて小さな冒険者たちが姿を現す。七歳……違うな。これは人だから十歳くらいか。妹はそのひとつかふたつ下だろう。一番、好奇心が強い年齢だ。

もう一度、大きなあくびをしてやるとあくびをしている俺よりも大きく口を開けてこちらを見ている。まったく同じ表情のふたりが可愛らしくて目を細めると、妹のほうがぱちぱちと瞬きをした。

「今、虎さん……笑った？」

おや、なかなかに鋭い。

「馬鹿だな、虎が笑うわけないだろう」

まあ、そうだな。普通の虎なら笑わない。けれど俺は獣人なんだぞと、わざと大きく口角を上げてみせる。とたんに驚いて逃げ出す小さな冒険者たちはやはり可愛い。

「……あの子たちになにかしたのか？」

子供たちがいなくなるとラインが顔を覗かせた。馬車から走って逃げるふたりを見ていたのかもしれない。返事ができないとわかっていて問いかけてくるラインも可愛い。

「とりあえず、離れを貸してもらえることになった。そこから出さないならお前も入れていいって」

がしゃん、と錠前が外されて見かけだけは立派な柵が開かれる。

一日ぶりの外だ。思わず飛び出してしまったのは大目に見てほしい。

両足が地面を捉える。風を感じてぶるりと体を震わせた。

「離れの中だけだからな？」

そのまま走り出してしまいたいと思っていた俺の心を読むかのように告げられた言葉に……逆に嬉しくなる。ラインは俺のことをよく理解しているなんて思ってしまって。

「ほら、行くぞ」

促された先にはこぢんまりとした建物。右側には二階建ての家があるからそれが母屋なんだろう。

離れは小さそうだ。あの様子だときっと二部屋もない。夜の間もラインのすぐそばにいられるかと思うと足取りは軽くなる。寝床は別だとか言いそうだが、こっそり忍び込めば問題ないだろう。ラインは寝るときに温かいものを引き寄せようとする。大抵、起こしに行くと布団に抱きついて眠っている。寝ている間に忍び込めば当然、抱き寄せるのは俺の体になるはずだ。ラインの家では寝室に鍵がかかっていてできなかったが、この旅の間は存分に俺を抱き寄せるがいい。

「……」

しっぽをぴんと立てたまま歩く俺にラインがなにか言いたげな視線を向けていたが、軽く無視をした。

夕食はここの住人だというご婦人がシチューを運んできてくれた。きっとあのふたりの親だろう。この家族の匂いは暖かい陽だまりのようで心地いい。

「こんな大きなお連れさんがいたら、離れは狭いでしょう？　ラインさんだけでも母屋に泊まるかい？」

離れ、という建物は想像どおり、一部屋だけのものだった。中央にふたりがけのテーブル、壁際に寝台と小さな棚があるだけの簡素な造りだ。

「いえいえ、この虎は預かりものなので目を離すわけにもいかなくて」

シチューの入った皿とパンの入ったバスケットをテーブルに置いてラインが笑う。

「けど、本当にこの虎は人と同じものを食べるのかい？　燻製でよければ鹿の肉が残っているけど」

「ああ、ありがとうございます。でも、この虎は小さいころから人に育てられてきたので同じものを食べたがるんですよ」

シチューもパンもふたりぶんだ。生肉など用意されても困るから助かった。獣化すると味覚も獣寄りになりはするが、それでも普段食べているもののほうがいい。

「ならいいけど……。ああ、それと近頃は村の外れに狼が住みついて物騒だからあんまり外に出ないほうがいいよ」

狼、という言葉に反応する。友人の種族だから勝手に親近感を抱いてしまうけれど、普通の狼が住みついたとなればきっと被害は大きいだろう。

「狼ですか。村の人は困っているでしょう？」

「そうなんだよ。トルダさんのところはこの一ヶ月で山羊が五匹もやられちまって。それに今は木苺の季節なのに、森に入れないんだからねえ。役所や冒険者ギルドに依頼をかけてはいるんだけど、小さな村だからろくな報酬は出せなくて」

「あとでちょっと見回りしておきますよ」

「だめだめ。そんな細腕で。いいかい、都会に住んでるラインさんは知らないだろうけど、狼っていうのは群れで狩りをするんだ。囲まれたら逃げられないよ」

慌ててラインを止めようとするご婦人が微笑ましい。

今でこそ王都に店を構える商人だが、ラインは元冒険者だ。それも俺と一緒に旅をする仲間だった。ゼクシリアが化けて潜んでいるならともかく、普通の狼などに後れをとったりしないだろう。

「はは。それは怖いなあ」

「またそんなことを言って。いいかい、ほんとに気をつけるんだよ。だいたいラインさんは無防備すぎるんだ。男だからって言ってもラインさんくらい美人だと、いろんな危険があるからね?」

「まさか。こんなおじさんを美人だなんていう人はマーシャさんくらいだよ」

俺も言う!

がう、と声を上げる。ラインはいつまでも綺麗だ。年月なんてラインには関係ない。ゼクシリアの妃も顔は整っているけれど、ラインには及ばない。なんといっても色気が違う。ぼうやはしょせん、ぼうやだ。どこか子供らしさもある。それが好きだという輩はいるだろうが、どこか陰のある笑顔を浮かべるラインの雰囲気はぐっとくるものがある。

それにあの、体。

すらりとした体は一見細く見えるけれど、しなやかな筋肉を纏っている。力自慢の筋肉とは違う。剣を扱うために必要な部分だけを鍛えた、綺麗な体だ。

真っ白な、美しい肌についても語らなくてはならない。旅を重ねていても日焼けしないその肌は、恐ろしいくらいにきめ細かい。手を乗せるとしっとりとまとわりついてくるようだ。あの手触りに慣れてしまったら他では満足できなくなる。それに、それに……とラインの素晴らしさを思い浮かべているうちにご婦人はいなくなってしまった。

くそ、人型だったらラインの素晴らしさを一緒に語り合えたかもしれないのに。いや、ラインの肌の秘密は俺だけが知っていればいい。

俺だけ……。

そこまで考えて、ふとラインを見上げる。

ラインと離れてから十年以上だ。

その間、ラインの肌を知る者がいなかっただなんて……そんな都合のいいことが、あるのか?

だいたい、番がいたんだ。俺はラインに番と幸せになってほしくて……。

かつて見たラインの番の姿が鮮明によみがえる。その男とラインが肩を並べる姿を思い浮かべて……全身の毛が逆立った。

「ガスタ？」

あの男はラインの肌を知っていただろう。

その白さも、吸いつくような手触りも。

「おい、どうした？」

組み敷いたときに恥ずかしげに伏せる瞳も、感じたときに上げる高い声も。

ずっとずっと封じていたはずの感情が一気に俺を支配する。

今更……今更だ。俺には嫉妬する権利なんてないのに、そのどうしようもない感情が体を突き動かした。

「ガスタ！」

虎の体で飛びかかると、ラインの体はあっけなく床に倒れる。その肩に前足を置いて痛みに歪む顔を見下ろした。

呻く声が……、寄せられた眉が、かつての夜を連想させて理性が保てない。

軽く前足を動かしただけで、布が破ける音がした。爪は引き裂くことに優れている。

あの白い肌がどうしても見たかった。もう俺のものではないけれど、ラインの肌をもう一度目に焼きつけておきたかった。

そう思って視線を落として……俺は慌てて飛びのいた。

「……っとに……なにがしたいんだ、お前は」

見たかった白い肌……そこに赤い筋がついていた。力加減を誤ったのだ。服を引き裂くだけのつもりがその下の肌にまで……！

ごく浅いものだったが、ラインを傷つけたことに変わりはない。自分のしでかしたことが受け入れられなくてウロウロと視線を彷徨わせる。

「あー……もう、これから街に寄れないんだぞ。服なんて気軽に新調できないんだからな」

破けた箇所を覗き込むラインはその下についた傷に指を這わせる。

「……っ、傷までついてるじゃないか。お前、馬鹿なのか？」

ついた血を拭うためか……ラインが自分の指を口に含む。

ちらりと見えた赤い舌に、背筋がぞくりとした。

ああ、どうして俺は獣化しているのか。

獣の手ではラインに触れられない。獣の舌ではラインを舐められない。その匂いも声もずっとはっきり感じるのに、抱きしめることもできない。

どうしようもなくて喉を鳴らす。

ラインが欲しい。

今すぐ腕に閉じ込めて、その唇を塞いであの肌に手を這わせて……。

ラインのことしか考えられなくなる。頭の中だけでなく、全身がラインを求めている。

「ガスタ?」

様子のおかしい俺にラインが手を伸ばす。けれど触れてしまうと、恐ろしいことが起きてしまうような気がして後ろに飛んだ。……狭い部屋では、それはよくない。俺の大きな体は派手な音を立てて壁にぶち当たる。

「ガスタ!」

せっかく避けたのに、駆け寄ってきたラインはなんの躊躇もなく俺に触れる。

ラインの、手。

白い手。

幸い、痛みで正気に戻った。うん、これから本能に負けそうなときは壁に頭をぶつけよう。

「怪我はないか? あんな全力で壁にぶつかることはないだろう? 本当に、どうしたんだ」

たとえ口がきけたとしても、答えられる質問ではなかった。

*

「ガスタ、お前も来るか?」

夕食のあとは狼の様子を見に行こうと決めていた。ここの村人たちとのつき合いは長いし、話を聞いてほうっておけるものではない。どうやら十匹くらいの小さな群れのようだ。それなら私だけでもなんとかなるだろう。

今日は群れの様子を見て、明日の昼間に罠を仕掛けて……本格的な討伐は明日の夜以降になるだろうが問題ない。

ガスタに声をかけたのは、ここに来てからガスタの様子がおかしいからだった。急に飛びかかってきたかと思うと壁に全力でぶつかっていくし、そこからあとはずっと挙動不審だ。

シチューは熱くて苦労はしたようだったが、普通に食べていたから体調が悪いということではないはず。ずっと獣化したままでストレスでもためているのなら外に出れば気晴らしになるかもしれないと思った。

のそりと立ち上がる大きな体に少し目を見張る。

「本当に来るのか」

誘ったものの、ガスタが来るとは思っていなかった。

冒険者だったころ、よくこういう小さな仕事を請け負った。

ガスタに合わせて受ける仕事では補助が主な仕事になる。役割が違うと納得できればよかったのだが、いつもそれでは私自身が働いた気にはなれなくて、ひとりで受けられる仕事を見つけては腕試しのようなことをしていた。

ガスタは私のひとりの仕事が気に入らないらしく、出かけるときはいつも面白くなさそうにしていた。少し危険が伴うようなものにはこっそりついてくることもあったが、あくまでこっそりだ。私にバレないように木陰に隠れて見守っていたことを思い出す。

大切にされていた。適当なところはあっても、ガスタは私に対して誠実だった。

だが、私とガスタの関係はあくまで過去形だ。嫌がらせにキスをしてくるようなどうしようもない男でも、優しいところもあったのだと思い出しただけ。

もう昔のことなんだと、大きく首を振る。あのころと同じように大切にされているだなんて……そんなことがあるはずない。

部屋にあったランタンを手にして外に出ると、夜空には星が輝き、近くの茂みからは小さな虫の声が響いていた。

のどかで幸せな場所だと思う。誰もがあこがれる場所というのは煌(きら)びやかな宮殿でも、厳(おごそ)かな神殿でもなく、本当はこういった静かな田舎だろう。だからこそ、私はこの村が気に入っている。

「……」

狼がいる村の外れに向けての風向きを確かめる。野生の獣を調査するのに風上から近づくわけにはいかない。

　幸い、今日は向かう先から風が吹いているため、大回りしなくて済むようだ。

　念のため腰の剣を確かめて足を踏み出そうとしたとき、慌ただしく母屋の扉が開いた。

　出てきたのはこの家の主(あるじ)だ。私たちを見て動きを止めたのは暗闇(くらやみ)に光る目と大きな獣にたじろいだからだろう。

「ウェイン？」

　声をかけると、彼は急いだ様子でこちらへ駆け寄ってきた。その表情はどこかしら焦っているようだ。

「ライン。すまない、そちらにうちの子たちがお邪魔していないか」

「子供たち？」

「いないんだ」

　切羽詰まった声に緊急事態であることを知る。

　昼間に虎がいる馬車の幌を捲って覗いていた子供たち。好奇心いっぱいの、幼いふたりを思い出して眉間(みけん)に皺(しわ)が寄る。

「ねえ、あの子たちほんとに狼を見に行ったんじゃ……」

　ウェインの後ろからシチューを持ってきてくれたマーシャが顔を出す。顔が青白いのは月明かりのせいだけではない。この夜中に子供の姿が見えないのでは平気でいられないはずだ。

「狼？」

「夕食のときに虎と狼じゃあどっちが強いのかって話になって、狼のほうが集団なぶん有利じゃないかって。でもそのあともずっとどっちだと気にしてたから、もしかしてって」

マーシャの声が震えている。子供たちだけで狼を見に行ったなんて想像したくもないのだろう。

「わかった。ちょっと様子を見てくるよ」

腰に差した剣を掲げるとウェインがこくりと頷いた。

「ちょっとあんた、いくらラインさんが旅慣れてるからって狼相手じゃ……」

「マーシャ。ラインさんは昔、名の知れた冒険者だったんだ。魔法だって使う」

魔法といってもたいしたものは使えないが、そうであると言うほうが安心できるだろうと思って頷く。

「え？　あんな細腕でかい？」

「もともと今から狼討伐に行こうと思っていたんですよ。さすがにあの子たちもこんな夜更けに狼を見に行こうだなんて思わないでしょう。きっとそのあたりにいるはずだ。ふたりは近辺を探してください」

「でも……」

「大丈夫。この虎も強いんです」

心強い味方もいるんだ、と示すためにガスタの頭を撫でた。従順なふりをしてくれているのか気持ちよさげに目を細める。

ガスタの見た目は獰猛な獣だ。マーシャを安心させるにはじゅうぶんなはず。

「じゃあ、お願いするよ。危なかったらすぐに逃げておくれよ。うちの子たちはきっとそのあたりにいるはずなんだから」

見つけたら心配かけたことを叱ってやらないと、とおどけて言うのは不安を打ち消すためだろう。虎がいる幌馬車を覗くような子たちだ。多少の無茶はしているかもしれないけれどもその可能性は即座に命の危険に繋がるものだ。

「行くぞ」

自分の声に少し緊張の色が混ざっていた。


ガスタが走り始めて私は神経を研ぎ澄ませた。

場所は村の外れ。森に隣接した小さな牧場があるところだ。何度か羊が被害にあったというこの場所は狼にとって縄張りのひとつになっているのだろう。牧場主にとってはたまったものではない。

虎の姿のガスタは当然、私より感知の能力に優れている。獣の気配を感じるのは得意だ。

もし、それを察知したら、まずはそうっと近づいて先制攻撃を仕掛けるはず。

それをせずに走り出したということは緊急のなにかが起こっている可能性を示していた。

私もガスタと同じ方向に走りながら目を凝らす。

三十メートルほど先、だろうか。

牧場が広がる視界の向こう、小さな丘にある木の根元にわずかに揺れる炎の灯（ともしび）が見えた気がした。

「ガスタ！」

声を張り上げたのは、こちらへ注意を向けるためだ。

詳しく話を聞いた限り、狼は十匹ほどだとは推定されるが自分で確かめたわけではない。

ガスタであれば多少数が多くても狼の群れに後れはとらないだろう。だが、あの灯はきっと松明（たいまつ）。あそこにはウェインのところの兄妹がいる。それを守りながらであれば、なにが起こるかはわからない。兄妹は戦闘員ではないのだから。

全部でなくていい。何匹かこちらへおびき寄せることができればガスタの負担が減る。

そう思うと、迷いはなかった。

腰の剣を抜く。それから風を操る呪文を口の中で唱えた。

向こうから吹いていた風が、その向きを変える。

それを確認して、私は自分の左腕に剣を当てた。

「……っ」

傷は浅くていい。ただ、血は多く出るように少し大きめに。野生の獣は弱っている獲物に食らいつく。こちらから血の匂いがすれば何匹かはつられてくれるかもしれない。

ガスタが走った先で、子供の声が聞こえる。早く、おびき寄せたくて再び風を起こす呪文を唱える。

そうすると、いくつかの獣の気配がこちらを向いた。すべてではないにしろ、何匹か向かってくる影が見えてほっと息をつく。

傷のことはすぐに頭から追い出した。気を抜かないように奥歯を嚙みしめて剣を構える。群れとはいえ、個々に速さは異なる。一度に飛びかかられたりはしない。タイミングを誤れば命を失うこともあるだろうが、これくらいならば大丈夫。

飛びかかってきた最初の一匹を剣で薙ぎ払う。狙うは喉。相手の勢いを利用して、できるだけ遠くへ飛ばす。鳴き声は聞こえなかった。致命傷を与えられたはず。だが、それを確認している暇はない。走ってきた勢いのまま襲いかかってくる二匹目に風をぶつけ、三匹目にナイフを投げる。

吹き飛ばされた二匹目は、ぎゃいんと声を上げてそれでもまたすぐに立ち上がる。他のものより体がひと回り大きい。あれがリーダーだろうか。ならば先に仕留めるべきだった。

軽く舌打ちして現れた四匹目に風をぶつける。五匹目の体に剣を突き立て、地面に叩き落とすとすぐに足をかけて剣を引き抜いた。

仕留めたのは三匹。

風で吹き飛ばした二匹は体勢を立てなおしてこちらの様子を窺っている。

ここで逃がすと厄介だ。

ふっと力を抜いたのは隙を見せるためだ。

ほぼ同時に飛びかかってきた二匹のうち、体の大きなほうに剣を向ける。もう片方には再び風をぶつけるが……少し弱かったかもしれない。連続で使ったために威力が落ちた。動きを阻むことはできたが距離を取ることができなかった。

手ごたえを感じた剣をできるだけ早く引くが、風をぶつけた狼はすぐ近くで地面を蹴る。

剣先を返すのがわずかに遅れる。

間に合わないと判断して、咄嗟に手を離し地面に転がって避けた。すぐに体勢を立てなおして走り出す。逃げることはできないが、少しでもかわせるように。

風を起こすのは、あと一回が限界だろうか。無駄に出せない。落ちた剣は私と狼の間にある。それを取って攻撃を仕掛けるのは現実的ではないだろう。

至近距離で魔法を使えば、脳震盪くらいは起こせる。

防ぐべきは狼の牙。……腕を噛ませて動きを封じてから、魔法を使うか？

傷を負う左腕を見せつけるように前に差し出す。噛みついてくれれば、まだ勝機はある。

低く唸った狼が、地面を蹴る。

その牙を左腕で受け止めようとしたとき、大きな影が目の前を通り過ぎた。

ギャイン、と叫ぶ声が周囲に響く。

大きな影……、私を助けたガスタは狼の絶命を見届けてから、こちらに向けて低く唸り声を上げた。その視線はまるで私を責めているようだ。

今、腕を犠牲にしようとしたこと。さっきわざと血を流したこと。どちらに怒っているのかと考えて、きっと両方だろうなと思う。

けれど怒るというならば私のほうが怒りたい。

「この馬鹿っ！　ふたりが怯えているだろう！　残してこっちに来る奴があるかっ」

狼たちが生き残っているとは思わない。ガスタのことだ。残してきた兄妹の周囲から危険は取り除いてきただろう。だが、この夜更けになにがあるかわからないじゃないか。兄妹は狼に囲まれるなんて怖い思いをしたばかりなのだ。

急いで剣を拾って走る。

私が少々傷つくことなどどうでもいい。幼い命のほうがどれだけ大切か。

「ラインおじちゃん！」

暗闇で声が響く。

「おじちゃん！」

ふたりがこちらへ走ってきていた。どれだけ泣いたのだろうか、その声は枯れている。

「もう大丈夫だ」

剣を放り投げて、手を広げるとふたりが飛び込んでくる。兄のほうは持っていた松明を落としたが、ここには燃え広がるものもないので大丈夫だろう。

「ラインおじちゃん、ごめん！」

「ごめんなさいっ」

腕の中でふたりが震えている。よほど怖かったに違いない。

「大丈夫。もう大丈夫だ。ウェインとマーシャも心配している。早く帰ろう」

「ラインおじちゃん、腕……」

「ああ、これは心配ない。狼をおびき寄せるためにわざと切ったんだ。たいした傷じゃない。すぐに治るよ」

その言葉にふたりの泣き声が大きくなる。褒められた行動ではなかったが、命がある。それでじゅうぶんだ。ふたりはがんばった。

落ち着くまで何度も大丈夫という言葉を繰り返す。

その間に近づいてきたガスタが、ゆっくり地面に伏せた。

「……？」

顎をくいと背中に向けた動作に、ガスタがなにをしようとしているのか察する。

「ああ。ほらふたりとも、虎さんが背中に乗せてくれるらしい」

その言葉で泣いていたふたりがはじかれたように顔を上げた。

「虎さんの、背中……？」

妹がそっとガスタへ近づいていく。

ゆっくり口角を上げるガスタを見て、涙の乾かない目のままぎこちない笑みを浮かべた。

「虎さん、やっぱり笑うのね」

「ああ。この虎さんは特別なんだ」

そっと兄の背中を押してやると、兄妹は顔を見合わせてから恐る恐る大きな虎の背に触れた。

「ふかふか」

やっとその顔から怯えが消える。

「ほら」

妹の体を持ち上げてガスタの背に乗せた。兄も急いでその後ろにまたがる。

ふたりの体勢が安定したのを確認してガスタがゆっくり立ち上がると、小さな歓声が上がった。

家までの道のりを、ガスタはふたりを背に乗せたままゆっくり歩いた。途中、少し駆けたりしたのは早く着くためではなく、ふたりの笑い声を聞きたかったからだろう。

怖い記憶は残らなくていい。

今日の記憶は、虎の背に乗って楽しかったという思い出で締めくくられればいい。子供は笑っているのが一番だ。

村に戻ると大勢の大人たちが駆け寄ってきた。きっと総出でふたりを探していたのだろう。ウェインは少し厳しい顔で、マーシャは泣きながらふたりを抱きしめた。

狼の死体は夜が明けてから村総出で解体に行くことにして今日は解散となった。無事に帰ってきたのだ。怒られるのも明日でいい。

「ライン、手当てを」

マーシャに連れられて兄妹が家に戻るとウェインが声をかけてきた。集まっていた村人たちも私を気にしてくれていたが、たいした傷ではない。

「いや、利き腕じゃないし。それに自分で切った傷だからすぐに塞がるよ」

「だから大丈夫っていうわけでもないだろう。治療くらい手伝わせてくれ」

「ああ、ほら。これ！」

家に戻ったとばかり思っていたマーシャが桶と白い布を持って駆けてくる。

「この水は一度沸騰させておいたものだから使っておくれ。布も綺麗なものだから」

きっともしものことを考えて準備してくれていたのだろう。その心遣いはありがたい。

「こんな綺麗な肌に傷でも残ったら大変だよ。あんた、早く手当てを！」

「いやいや、今更傷のひとつやふたつ……」

「がう！」

それでも大げさだと肩を竦めてみせれば、横でガスタが吠えた。

私の服を咥えて離れのほうへ引っ張るから、仕方なく足を進める。ここで抵抗して服を引きちぎられるわけにはいかない。

ウェインから水と布を受け取っておこうと手を伸ばしたけれど、難しい顔をしたウェインは私の手を無視して後ろをついてきた。

怪我があるのは左腕だ。商売柄、傷の治療も慣れている。部屋に入って当然のように自分で薬を出そうとしているともう一度ガスタに吠えられた。

「はは。この虎は頭がいいなあ」

ウェインが笑ったのはガスタが薬が入っている袋を咥えてきたからだろう。匂いで判別したようだ。私に渡すと自分で治療を始めてしまうと思ったのか、ウェインに差し出している。よしよし、といって撫でようとするウェインの手を素早く避けていた。

傷のある袖口を捲ると、さすがに血は止まっていた。深く切ったつもりはないし、これなら塞がるのも早いだろう。

「……すまない」

ウェインが顔を歪めるから、ことさら明るく笑い飛ばした。

「いや、ほんとに大丈夫だから。薄皮一枚切っただけだよ。匂いをさせないとと思ってたから大きく見えるけど浅いし、たいしたことはないんだ」

ガスタが不機嫌に鼻を鳴らした気がしたが、本当に軽い傷だ。動きに支障はないし、万が一あとが残ったところでなんの不利益もない。

ウェインはその大きな体に似合わず、手先が器用だ。

素早く傷の周囲を綺麗にして、私が指示した薬を塗っていく。ガスタはすぐ横に来て、まるで監視するかのような視線を向けていた。

獣化して嗅覚は鋭くなっているはずなのに、薬の匂いは大丈夫だろうかと様子を見ると面白くなさそうな顔をしている。たまに喉が鳴るのは不機嫌な証拠だ。

「なんだか……この虎、威嚇してないか？」

「気のせいだ」

せっかく手当てをしてくれているのにウェインに対して威嚇する理由がない。ガスタが怒っているとすれば怪我をした私に対してのはずだ。それでも不機嫌な虎が近くで喉を鳴らすのは気分がよくないだろうと右手でガスタの顔を横に向けた。

おとなしくしてくれという意味を込めたつもりだが、ガスタはなおさら鋭い瞳で睨んでくる。しっしっと手で追いやっても、離れようとはしない。

「でもまあ、傷が浅そうでよかった。これであとでも残ったらこの村の女性たちから恨まれるところだ」

「はは」

「冗談じゃないからな？　ラインはここの女性たちのあこがれの存在なんだ」

「また、大げさに」

「大げさなもんか。俺が昔告白したときだって、さんざんな目にあったんだからな？」

「そんなこともあったなあ。でもあれ、本気じゃなかっただろう？」

「うん、まあ……その……」

まだ私が商売を始めてもいないころの話だ。若かったし、見目はいいほうだから軽い気持ちで誘ってくる者は多かった。ウェインもそのひとりだ。その証拠に、ウェインは私に振られたあとすぐにマーシャと出会って結婚した。今の幸せな様子を見ても、ウェインが本気でなかったことは明白だ。

と、ガスタがぐるると喉を鳴らす。目つきが鋭い。

「うわ！　やっぱりこの虎威嚇してるだろ！」

ウェインが慌てて立ち上がった。

「ガスタ！」

前傾姿勢を取った虎を怒鳴りつけてふたりの間に立つ。

どうしてガスタがウェインに唸り声を上げたのかわからずに、眉を寄せた。まさか、遠い昔の告白に反応したわけじゃないだろう。ガスタが嫉妬する必要はないはずだ。

「ラ、ライン。御礼はまた改めて明日にするよ！　子供たちも連れてくるから！」

床を掻くように前足を動かしたガスタを見てウェインは慌てて出ていった。せっかく手当てをしてくれたのに申し訳ない。

「ガスタ」

ばたん、と大きな音を立てて閉まったドアを背に私は腕を組んでガスタを見下ろす。怒っているのだと示せば反省するかと思ったが、ガスタはふんと顔を横に向けた。

「怪我は私が勝手にやったことだ。お前が怒ることじゃないだろう？」

ぐるる、と喉を鳴らすガスタがなにを考えているのかわからない。人の姿のままであればずっとしゃべり続けるくらい煩い男なのに。

「ガスタ？」

目を合わさないまま、ガスタは外へ出ていった。その後ろ姿を見送りながら、やっぱりガスタは勝手な男だと思う。

まるで嫉妬しているかのような態度。

怪我をしたことを怒っているかのような態度。

そんな思わせぶりなことをしておいて……私をひとりにする。

『愛してる』

そう言われたのはもう随分昔のことだ。

出会ったのはまだ十代のころだった。お互い、冒険者としては駆け出しであったがガスタの実力は群を抜いていた。そもそもが最初の仕事で竜を狩ってくるなど、獣人であることを差し引いても規格外な男だった。

パーティを組むことを打診されて引き受けたのは、そんなガスタが背を預けるのに選んだのが自分だということが嬉しかったからだ。

だが、その自尊心もガスタが告白してきたのと同時に消えてしまう。

なんだ、この男もそれが目的だったのかと軽蔑すら覚えた。

何度も怒鳴りつけたと思う。わざと冷たい態度を取って嫌われようともした。だけどガスタは何事もなかったように『好きだ』と言う。

ほだされたきっかけは覚えていない。

いつものように好きだと言われて、では寝てみるかと返したときのガスタの顔は笑えるものだった。

その夜は……悪くなかった。

うん。愛してくれる男に抱かれるのは幸せなことなんだと感じる夜だった。

『結婚してくれ』

翌朝に求婚されて笑える間抜け顔を晒したのは自分のほうであったけれど。

幸せだった。

姉夫婦にふたりで挨拶に行き、次はガスタの両親にとデルバイアに向かった。

結果を知っている今の私なら全力でやめておけと止めるだろう。それが幸せの終わりになるなんて思ってもみなかった。

突然現れた番だという男に、なにも感じなかったかと言えば嘘になる。まるで心の中をぐるぐるとかき回されるような気がした。このままだとガスタに向いていた気持ちが消えそうで、必死に自分に言い聞かせた。違うだろう、と。私が私の意思で愛したのはガスタだ。

揺れる心を抑えつけるのは大変だった。ふと目が番だという男を追う。手が、伸びそうになる。けれどそのたびに否定した。

必死に抗うことで体調も崩したが、そんなことどうでもよかった。具合が悪くなることで正気を保っていられるならそれでよかった。私はガスタを愛していたかったのだ。

それなのにガスタは消えた。

番と一緒になるのが幸せだなんて勝手に思い込んで、自分がいれば私が傷つくなんて言い訳して。

先ほど、自分で傷をつけた腕に視線を落とす。包帯が巻かれていて痛みももうないけれど、この傷のせいでガスタが私に背を向けたというのなら、あのときとなにも変わっていない。

「また、いなくなるのか……」

包帯の上にそっと指を這わせる。

私が傷つくことに私以上に傷つく男。

「馬鹿野郎」

普段はふてぶてしいくらいなのに肝心なところで臆病な男はまた私に背を向ける。

*

ラインの顔を見ていられなくて飛び出した。

ラインに触れるウェインに嫉妬した。ウェインがラインに告白したことがあると聞いて、感情が抑えられなかった。ラインは俺のだと主張しようとして……けれどそんな権利を持っていないと気づく。

さすがに自分が情けなくて……少しでもなにか気の紛れることをと、狼の死体を村の近くまで運んだ。

できるだけ早く処理したほうがいいに決まっているが、虎の姿でやれることはここまでだ。触れると解けてしまうくらいの軽い結界を張って匂いが周囲に漏れないようにしたあとは近くの川で水あそ……水浴びをした。

夜の川は冷たかったが、それくらいでないと頭がはっきりしない。

結局、どうあがいたって結論はひとつ。

俺はラインを愛してる。

けれど俺はラインを捨てた。本人に別れを告げることもなく、ただ逃げた。

今更、どんな顔をして愛してるなんて言えるというんだ。

こんなことなら再会したその場で、なにも考えずに愛してると言ってしまえばよかった。

二度目の再会でも、理由なんて考えずに愛してるから会いに来たと言えばよかった。

ぐちゃぐちゃした頭で水あそ……水浴びをしていたから、気がつけば川魚を何匹も捕っていた。動くものに反応してしまう体が無意識に狩りをしていたようだ。

「うわあ、虎さん、こんなに魚とったの？」

少女の声に顔を上げると、昨日の兄妹が岸からこちらを見ている。兄妹の足元には何匹もの魚がびちびちと跳ねていた。

いつの間にか周囲は明るくなっていたようだ。

俺は眠っただろうか。少し川辺でまどろんだ気はするが、目を閉じると浮かんでくるのはラインの顔で……また川に戻るということを繰り返していた気がする。

「虎はすごいなあ！」

兄がひときわ大きな魚を抱えてキラキラした目をこちらへ向ける。

すごくなどない。

むしろ情けなくて消えたい気分だ。

「虎さん、水遊び好きなの？」

好きじゃない。嫌いだ。嫌いだから水に浸かっているのだ。そしてこれは水遊びではなく水浴びだ。

しかし虎の姿では反論もできないので俺は川から上がることにした。

兄妹はもう怯えた顔を見せない。昨日、背中に乗って恐怖心がなくなったんだろう。笑顔で飛びついてきそ……飛びついてきたな。濡れるぞ。

「虎さん、昨日はありがとう！」

「ありがとう！」

「村まで狼を運んでくれたんでしょう？　お父さんが御礼しなきゃって探してるよ」

「探してるよ！」

探してるのはこの子たちの父だけか。

そう思うとなんだか悔しくて体を震わせる。飛び散った水に兄妹が嬉しそうに悲鳴を上げる。

「一緒に戻ろう！　早く！」

「ああ、でもこの魚どうしよう？　運べないよ」

「籠か袋が欲しいよね。取ってくる？」

袋、か。

その声を聴いた瞬間に自分の荷物を思い浮かべた。こういうときのために入れてある麻袋。旅の途中で獲物を狩ったときに使う、丈夫な袋。

「うわあ！」

妹が声を上げたのは、その袋が落ちてきたからだ。

「ふ……袋？？？」

急に空中から現れた袋に兄妹が目を白黒させる。

「あ！　そうか。虎さん、魔法を使ったんだね！　すごい虎さん！」

きゃっきゃとはしゃぎながら袋に魚を入れ始める兄妹を見ながら俺自身が驚いていた。

確かにあの袋は俺のだ。

旅の荷物の中にあった袋。

まだ声は出ない。人に戻れる気配もない。だが、袋だけは必要だからと戻すことができた。だとすればある程度獣化も操れるはず。

獣のままの前足に視線を落とす。

俺は人の姿を必要としていないのだろうか。

そうかもしれない。ラインに愛を告げることができないままの情けない人の姿など、取りたくないと思ってしまったのかもしれない。

……俺はまたラインから逃げている。

「虎さん！　魚、運んでくれる？」

「それからまた乗せて！」

すっかり魚を袋に詰め終わったふたりから、きらきらした瞳で見上げられて地面に寝そべる。こんな情けない俺でもこの子たちには必要らしい。

「……」

ラインが腕を組んで俺を見下ろしている。

うん、怒っているな。怒っている。最高に怒っている。

これは昨夜飛び出した俺が帰ってこなかったためではない。

「お前は……っ」

川から上がって濡れたままの体で泥だらけの兄妹を運んだ。兄妹は地面に転がった魚を集めていたので……まあ、汚れ具合は察してくれ。

当然、村に着くころには俺も全身泥だらけだ。村人や兄妹の両親は大量の魚で見逃してくれたがラインは許してくれなかった。

仕方ない。

兄妹と魚をおろしているところにラインが現れて……謝りたかった俺はその術を持たずにラインにすり寄った。結果、ラインの服も泥だらけだ。

うん。すまない。俺が悪い。

「服に予備はないんだど何度言わせるんだ！　昨日は切り裂いて、今日は泥だらけにして！」

弁解の余地はない。

ただ座って頭を下げるしかできない。

「洗えと言ってもできないだろう！　お前は虎なんだから！」

そのとおりだ。洗濯はライン本人がするしかない。

この手で洗濯しようとしてもズタズタに引き裂いてしまうだろう。

俺にできるのはあざとく、しおらしい顔をしてみせるくらいだ。

人の姿だったら、抱きしめてキスをして誤魔化していただろうか。洗濯？　もちろんする。昨夜破いた服だって繕う。俺が悪い、全面的に悪い。そう言いながらキスして、抱きしめてそれからまたキスをして。

「……お前」

ラインの声が地を這うように低くなる。なんだ、と思って顔を上げると最高に不機嫌なラインがいる。

「虎の顔で笑うな」

笑っていただろうか。確かに、ラインの機嫌をとるという最高に幸せな妄想はしたが。

「だいたいお前は……」

ラインが怒っている。

目を細めて、腕を組んで。

出会ったころも、よくそうして怒っていた。怒ったラインの声はいつもより感情を含んでいて心地いい。

怒鳴るのもいい。

だって俺の名前を力強く呼ぶ。

「ガスタ！　聞いてるのか！」

ほら。

優しく呼ぶ声もいいけど、感情のこもった声で呼ばれるとまた格別だ。

「またにやにやして！」

仕方ない。ラインがいる。

ラインがそこにいて、俺の名を呼んでいる。

なんだっていいんだ。ラインがそこにいるなら俺はその他のことはどうでもいい。

「ああ、もう。ラインさんそんなに怒らないでやってくれよ。こんなに魚を捕ってきてくれたんだ。ほら子供たちのと一緒に洗濯してあげるから脱いで脱いで！」

マーシャが笑いながらこちらへ近づいてくる。ふたりの兄妹はすでに服を脱いで裸で家の中に走っていくところだった。妹は大きな布を羽織っていたのが救いだ。

「いや、もう予備の服がなくて……」

「旦那のを貸すよ。ちょっと大きいだろうけどがまんしておくれ。今日は天気もいいからすぐに乾くさ。出発は明日にしておくれ。今晩はごちそうだからね！」

なんだと。

ラインに他の男の服を着せる気か！

思わず唸りそうになったが、ラインの拳が頭に落ちてきて我に返る。こうなったのは俺のせいだ。文句は言えない。

「ありがとう、マーシャ」

「ラインさんは子供たちを救ってくれたんだ。洗濯なんかじゃまだまだ恩を返せないよ。夕食はもう無理だっていうくらい食べさせるからね！　覚悟しておいておくれよ」

地面に脱ぎ捨てられた子供たちの服を桶に入れて、マーシャは家に入っていく。きっと替えの服を取りに行ってくれたんだろう。

でもラインがあの男の服を着るのか。

昔、ラインに告白したという男。

あの男の匂いをラインが……。むうう、と鼻に力が入る。許せねえ、と思った瞬間に空中からなにかがばたばたと落ちてきた。

「……服？」

あ。

服だ。

俺の服。麻袋と同じように服だけ出せたらしい。

落ちた服を手に取って広げたラインは……ゆっくり俺を振り返る。

「お前、荷物が出せるのか？」

意識的に出せるわけじゃない俺はぶんぶんと首を横に振る。

「出せたじゃないか！　まさか、他にもなにかできるんじゃないだろうな！」

できない！

できたら真っ先に人に戻って抱きしめている！

ああ。そうだ。

俺はラインを抱きしめたい。こんな獣の腕じゃなく、人の腕で逃がさないように囲い込んで抱きしめたい。

「あ！　手紙っ」

手紙？

「ロイからの手紙があるって言ってただろう！　出せっ。今すぐ出せっ！」

詰め寄られても意識して出せるわけじゃない。

逃げ回る俺と、追いかけるラインと……その姿になにを思ったかいつの間にかふたりの兄妹が加わって怒鳴り声と笑い声が入り混じって……。

その昔、手を離した幸せが少し戻ったような気がしたと言えば俺はまたラインに怒られただろうか。

＊

マーシャが作ってくれた弁当はパンに揚げた魚を挟んだもので片手でも食べられるものだった。おかげで馬車を止めずに進むことができる。

モーラでは目立ちすぎた。

今朝の出発は村人総出で見送られた。

兄妹は離れたくないと大泣きするし、村の男たちと酒を酌み交わしたガスタは虎の姿のままでなにやら友情めいたものまで築き上げていたようだ。次々に声をかけられて、名残惜しそうにしていた。虎なのに。

虎という珍しい生き物を連れての旅。

虎が恐れられるということもあるが、毛皮や肉を目当てに襲われる場合もある。虎を連れている旅人がいるのだという情報は出回らないにこしたことはない。それでもモーラに立ち寄ってしまったのは、いつも届ける薬があったことと村人との信頼関係が大きかったためだ。

村人はガスタのことを口外したりしない。

だが、彼らは大抵が善良だ。隠し事や嘘が得意じゃない。少しのことで簡単に騙されてしまう。つまりあの村を通る旅人すべてに隠せるわけじゃない。

私はひとり。護衛なしで運ぶ荷としては虎は高級すぎる。私とガスタがいて後れをとることはまずないだろうが、面倒は避けたい。

武力で奪い取ろうとしなくても、交渉できるとあとを追ってくる者もいるかもしれない。そういった者たちはきっと立ち寄る街で『虎を連れた旅人を見なかったか』と広めていく。

できるだけ距離を稼いでおきたい。しばらくは夜も移動を重ねて昼に休憩を取る日程にしようと、デルバイアまでの地図を頭に思い浮かべる。

旅程はまだあと九日残っている。急げば七日ほどにはなるだろうが、馬の疲労を考えるとそこまで無理はできない。

だが、デルバイアに入りさえすれば危険はぐっと下がるのだ。あそこでは珍しい動物は即座に獣人であるという考えに結びつく。虎を連れていても……一緒に並走したって気にする者はいないだろう。デルバイアに入るまでの三日ほどなら、馬はなんとかがんばってくれるだろうか。

そんなことをずっと考えている私をよそに……、ふと振り返った馬車の中で腹を上に向けて寝ている虎の姿が目に入る。

昨夜も早めに切り上げようとしたのに、酒を飲む虎を気に入った村人と飲み明かしてお疲れのようだ。

わざと道の窪(くぼ)みの上を通って馬車を揺らすがぴくりともしない。油断しきって熟睡している。私はこれからのことを考えてピリピリしているのにいい気なものだ。

「昔からあいつは……！」

自分のペースでしか動かない。こちらがどれだけ焦っていても、怒っていても余裕の態度だ。それに油断して任せていたらとんでもないことをしでかす。報酬の入った財布を落としてきたときもそうだったし、手入れをしないまま剣をしまい込んで錆びさせるなんてこともあった。肝心なところで雑な男だ。

いや、肝心なところだけではない。基本的に雑な性格なんだ。だから細かいことにとらわれない。それを余裕と見ていると足を掬われる。

どうして私はあんな男に惚れたのか。なぜまだ気を取られなければならないのか。

『うちのお妃様がお前に会いたいとおっしゃられていてな。俺は迎えに来たんだ』

二度目の再会の日、聞きたかった言葉には余計なものがついていた。いや、ロイが会いたいと言っているのが余計なのではないが、私はずっと心のどこかで待っていた。

『迎えに来た』

ガスタが姿を消したあの日から、そう言って伸ばされる手を……。

追いかけられればよかったんだ。

ガスタがいなくなって、すぐに追いかければ……きっとこんなに離れてしまうことはなかった。そう思うものの、今更どうしようもない話だ。

ガスタはいなくなった。

私は追えなかった。それだけの話。

モーラを出発してから二日目。

その日は夜明け前に雨が降り始めた。後ろでガスタがバタバタと音を立てている。きっと濡れている私を見て休めと言いたいのだろう。

「うるさい」

苛々したまま、私は馬車を走らせる。

雨はまだ小雨程度だ。これくらいならば雨宿りせずとも進める。それに本格的に降り始めてしまえば、道がぬかるんで進みづらくなる。

少し疲れてはいるがデルバイアに入ってから宿をとればいい。そこで一日余分に体を休めて進めばいい。

「わん」

後ろでありえない声がして振り返る。

得意げな顔をしたガスタと目が合った。どうやら私の関心を引くために犬の鳴き真似(まね)をしたらしい。

「ふざけてるのか……⁉」

すぐに前を向きなおした。

モーラのあの兄妹ならば腹を抱えて笑っただろうが、今の私にその余裕はない。

もう馬車ごと置いていってしまおうか。

こっそりあの柵に強化の魔法をかけて馬を駆れば逃げ切れるかもしれない。

いや、無理だな。昔からガスタは鼻がきく。あっという間に私を見つけ出して……そこまで考えて、離れていた期間を思い浮かべる。

ガスタが将軍職に就いたのはもう随分前だ。デルバイアに戻ったとき、きっと私の話は耳にしたはず。番が死んで姿を消したのだと聞いて、探そうとは思わなかったのだろうか。思わなかったのだろう。

終わったことだと言っていたじゃないか。

ならばどうしてあいつは私にあんなキスを？

「……わかるものか」

ガスタの考えていることなど知るものか。きっと昔の男に会って、少し手を出してみただけなのだ。きまぐれに唇を重ねてみたくなった、それだけ。

振り回されるこちらの身にもなってほしい。

「にゃー」

再びふざけた声が後ろから聞こえるが、ぐっと奥歯を噛んで無視をする。

「ぐぽっ」

もう一度聞こえたのは……きっとなにか他の鳴き真似をしようとして失敗したんだろう。

ああ、もう。どうして私は……！

あの適当さ、軽さ、自分勝手さ。どう考えたって惚れる要素なんてないじゃないか。

＊

ラインの様子がおかしい。

夜どおし馬車を進めるという判断は間違っていない。ひとりの旅では夜中に気を張った状態で野営をするよりは、夜に進んで比較的安全な昼に身を休めるほうが休息を取れる。

だが、無理をしなければいけない旅じゃない。

それにこれはひとり旅じゃない。夜休んでいる間は俺が周囲を警戒すればいい。それなのにまるで俺がいないかのようにひとりで背負う姿に苛立ちが募る。

モーラを発って二日目、明け方に雨が降り出したと気づいたとき、俺は馬車の中で暴れた。

雨に打たれながらラインは馬車を進めるのだ。

小雨とはいえ、夜どおし移動している。雨は体温を奪う。ラインが病弱だとは思わないがそれでも体を休めるべきだ。

「がう！」

「文句があるならロイの手紙でも出してから言ってくれ」

出せるものなら出している。ついでに人に戻ってラインを荷台に放り込んで俺が馬車を動かしている！

そんなに……か。

泣きそうになりながらラインが急ぐ理由を考える。思いつくのはろくでもないことばかりだ。

そんなに俺といたくないのか。

それとも愛する男と過ごした地が近づいて落ち着かないのか。

あの男はどんなふうにラインを愛したんだろう。死んでなお、これほどラインを縛りつけてしまうほど深い愛だったのか。

俺に番はいない。

だから番持ちのことなんてわからない。

番に必死だったゼクシリアを思い出す。あいつも狂ったようにロイを求めていた。俺は番の愛に勝てることはないのか。

押し込めていた後ろ向きな思考は一度噴き出すと止まらなくなる。

やっとラインが馬車を止めたのは雨も本格的に降り始めて、視界が閉ざされてからのことだった。

大きな木の下にラインは馬車を寄せた。

葉が大きいことで知られる木だ。かなり強く降っている雨だがこの木の下ならば少し雫がこぼれる程度。幌の下ではそれも気にならなくなる。

「ぐるる」

どうしてこんなに降り始める前に馬車を止めなかったのか。

荷台に乗り込んできたラインの体からひやりと冷気を感じる。柵の前で脱いだ外套は雨を吸って無残な姿だ。当然、ラインの服も髪も濡れている。

火を焚いて温めたほうがいいのに……残念ながら俺は魔法の細かい調節ができない。

あの建物を吹っ飛ばせというなら簡単にできるのだが、ここで必要なだけの熱源を出して……馬車を燃やさない自信がない。ゼクシリアなんかはあのでかい図体からは想像ができない繊細な魔法を使うが、誰もがそんなに器用じゃない。

「ちょっと着替えるから後ろを向いててくれ」

なに?

そんなもったいないことができるか、と目を見開くと上から布が降ってきた。まとわりつくようにかけられた魔法は俺の自由を奪う。やっとのことで布から抜け出したのに、ラインは濡れた服のまま座り込んでいた。

俺が暴れるから着替えなかったのか？　それとも着替えられない理由がなにか……？

よく見るとラインの顔色が悪い。もしかして体調がよくないのか？

「不本意なんだが」

ぽつりとラインが声を出した。

顔を上げると、ラインが俺を手招きしている。

俺を！

手招き！

している！

「がうっ！」

「待てっ！」

勢いのまま飛びつこうとすれば片手を差し出して止められた。止まってしまった自分が悔しい。

「少し寒いんだ。ここに座ってくれ」

ラインがそう言うなら、よほど寒いのだろう。言われるまま隣に座った俺は抱きついてきたラインの体に驚く。

まるで氷のようだった。

早く服を着替えればいいのに。俺が見ていることが気になるならもう一度布を被る。なんならここから出ていてもいい。

「ガスタはあったかいなあ……」

こんなに体が冷えて大丈夫なはずはない。

どうしよう、どうしよう。ラインの体がこんなに冷えている。横に座るだけじゃ足りないんじゃないか。馬車の周りに爆発を起こせば少しは暖がとれるんじゃないか？

「ぐるる……」

「大丈夫。ちょっと、眠い……だけ」

ずるり、とラインの体が傾ぐ。

倒れていくそれを受け止めてやることもできないなんてひどい拷問だと思った。

意識を失うかのように眠ったラインが心配でたまらなかった。

できるだけ温めようとぐいぐい虎の体を押しつける。

ラインの息は乱れていない。疲れて眠っているだけだ……それでもこの冷え切った体では病を得てしまうかもしれない。

せめて服。服を着替えさせなければ体温が下がっていく。もう切り裂いてしまおうかと爪をかけたが、水を吸い込んだ布は上手く裂けない。また力加減を誤ってラインの体を傷つけるのは嫌だ。どうして虎は人並みに器用じゃないんだ。猿ならよかったのか？　俺が猿だったらラインを助けられるのか？

どうしたら効率的にラインを温められるかと考える。横に寝そべるだけでは反対側が寒いだろう。上に覆いかぶさったほうがいいのではと思ったが、重さで潰（つぶ）してしまいそうだ。少し体を持ち上げた状態で上に乗ってみたが、そう長い間その体勢を維持できない。右側を温めてみたり、左側を温めてみたりと忙しく動いたりした。

腕が欲しい。

ラインを抱きしめられる腕。

そうすれば着替えさせてもやれるし、濡れた髪も拭ける。今の俺ではラインが抱きついてくれなければ上手く温められない。

ふと左腕の包帯が目に入る。

ラインが目の前で傷つくのに……俺はラインを助けることができない。

雨に打たれるのを止めることもできなければ、満足に温めることもできない。

あのときと同じだ。

番を得て苦しむラインを俺が守ってやりたかった。

俺ができることは離れることだとわかっていても、その決心がつかずに苦しめた。

またそうなるのだろうか。

俺が迎えに来なければラインはデルバイアへ旅立つことはなかった。あの穏やかな国の王都で友人に囲まれて静かに暮らしていたはずなのに。

今、こうして体を凍えさせて眠っているのは俺が無理に連れてきたせいだ。

俺はこんなときにもラインに不必要な存在なんだろうか。

だがせめて……人になれれば。

今だけでも、人の姿を取れればラインをもっと温めてやれる。疲れた体に休めと言って馬車を動かしてやれる。

なんとかならないものかと意識を集中した。

普段は呼吸をするように人と獣の姿を入れ替えるが……今はどうしてもその手がかりが見つからない。

体の隅々に魔力を通していく。

物を出すことはできたのだ。人化に繋がるものもきっとあるはず。

「ん……」

ラインが小さく呻いた。

頬に赤みが戻ってきている。体温は上昇しているようだ。けれど……と顔を覗き込む。

上昇しすぎたり、しないだろうか。虎のままでは冷たいと熱いくらいはわかっても、細かな体温がわかりづらい。起こして状態を確かめることは避けたい。

どうして俺は虎なんだ！

ぐるる、と喉が鳴る。

その瞬間、ふわりと体が軽くなったような気がした。

来る！

はっきりとそれがわかった。

人化できる。この感覚はそれだ。そう思ったのも一瞬で……気を抜くと逃げていってしまいそうなくらい儚い感覚を辿る。

まずい、と意識を集中させる。

俺は人になりたい。

ラインを抱きしめる腕が欲しい。助けてやれる体が欲しい。ラインの名を呼びたい。それから……！

体が淡い光に包まれる。

感覚はまだ弱い。それでも必死に集中する。

「っは！」

ぱしり、となにかをはじいた感覚があった。

大きく息を吐く。

手……手は、人。

足もある。ああ、完全に人だ。

戻れた。俺はやり遂げた。

惜しむらくは服を着ていないことか。あと、残念ながら服を含めて荷物が一切手元にない。あれらはどこに行ってしまったのか。先ほどのなにかをはじいた感覚……あれは、魔法だったのかもしれない。だとすれば俺には魔法がかかっていたのか？

考えることは多かったが、それはあとでいい。とりあえず人の姿には戻れた。

「愛だな」

愛の力は偉大だ。俺のラインへの愛がきっと人に戻る手助けになった。

眠るラインに視線を落とす。その額にそっと手をおろすと驚くほど熱くて一瞬頭が真っ白になった。

愛だなんだと騒いでいる場合じゃないじゃないか。

ひとまず、ラインの髪を乾いた布で拭く。

それから服のボタンに手をかけた。

ひとつ、外す。首筋に落ちた雨水がつ……っと肌を滑っていくのを見てごくりと唾を飲んだ。

だめだ、今は着替えさせるのが目的で、邪な気持ちなど持ってはいけない。

ふたつめ、みっつめとボタンを外すのに手が震えた。ああ、ここにも壁があればいい。

そうしたら思い切りぶつかって正気を保てるのに！

ボタンを外し終えて前を開けると……白い肌がほんのりピンクに染まっていて、思わずその胸に顔をうずめそうになった。やはり、壁がいる。

大きく首を振って、ラインのシャツを脱がせた。それから……とズボンに視線を落として再びごくりと唾を飲む。

これを、脱がすのか？

いやいや濡れているんだ。脱がさなきゃならない。

「う……」

ラインが小さく呻く。少し、息が荒くなっている気がする……？

まずい、こんなにゆっくり着替えさせている場合じゃない。ひとまず、がんと音が鳴るほど荷台の床に頭を打ちつけた。うん、壁でなくても大丈夫なようだ。

それから、急いで服を剝ぎ取り、ぎゅっと抱き寄せる。こんなに体が熱いのにラインの体が震えている。熱が上がっているんだろう。こういうときはどうすればいいんだ？

「ライン」

ひとまず、火か。少し離れたところで爆発を起こして温めるか？

「ライン」

それより人肌で温めるほうがいいか。できるだけ体温を寄せて。

「ライン」

何度も名前を呼んで抱きしめる。

俺はラインが傷つくことに耐えられない。ラインを守るのは俺でありたいとずっとずっと願っていた。

＊

暖かい。

そう思って手を伸ばす。

私を抱きしめる腕の力が強くなり、ふと頬が緩む。

「ライン」

ああ。この声だ、と思う。ずっとこの声で名前を呼ばれたかった。

「ライン」

意識がはっきりとしないまま、胸板にすりと頬を寄せた。夢じゃなければいいのに、と思う。私を置いて消えたあいつが戻ってきて、こんなに愛しい響きで私の名を呼ぶなんて夢じゃなければありえない。

「ライン」

耳もとにキスが落ちる。小さなリップ音に身を捩ると足が絡まってより密着する。

「ライン、愛してる」

その言葉にこれはやはり夢だと確信する。

ガスタがそんなことを言うものか。あれからどれだけ経っていると思っている。

昔と同じじゃない。

あのころより、痩せた。筋肉がなくなって、綺麗な体でもなくなった。

「お前は綺麗だよ」

思っていることに答えるガスタに、この夢はやけに都合がいいと思う。

「全部、声に出ている」

そんなはずはない。これが現実だったらガスタは虎だ。しゃべれない。

「お前のために人に戻った」

また、都合のいいことを。私の欲しい言葉ばかりでこれが夢じゃなければなんだというんだ。

「お前の欲しい言葉？」

愛してるって。

再会したら、愛してるって抱きしめてくれると思っていた。

「愛してる」

力強く抱きしめられて、やっぱり夢じゃないかと笑う。だってガスタは昔のことだと言った。なんでもない顔をして、妃のために迎えに来たと。

「違う。妃のことは言い訳だ。お前に会いたかった」

「嘘だ！」

声を上げて、その声の大きさにはっとした。

ふわふわとしていた意識が一気に覚醒する。

ここは、馬車の荷台。外では雨の音。

私は雨に濡れて……寒くて……？

「……？」

驚いたような顔をしたガスタが私を近くで覗き込んでいた。ガスタ……そう、ガスタだ。

目の前にいるのは虎ではなくて、黒い髪に黒い瞳の男。

「え……？」

覆いかぶさる大きな体。

その身はなにも纏っていない。驚いて、それから自分の格好に言葉をなくす。

私も全裸だ。

「お前、なにを……？」

「あ、違う！　これは体を温めて……！」

体を、温めて？

「そんな言い訳」

「言い訳じゃない。ラインの体が氷のように冷たくてそれから熱くなって！　火を焚くこともできないから少しでも温めようと思って」

確かに私の体は冷えていた。それは認める。荷台に移動したところから記憶がないから……きっと意識を失ったのだろう。認めたくはないが、体調を崩したのだ。

「ライン」

ぐっと顔が近づいて眉を寄せる。

「ライン、さっきのは本当か？」

「さっき？」

「愛してると言ってほしいと」

どきりと心臓が跳ねた。

確かに、そう言った。言ったがあれは夢の中の出来事のはずだ。ガスタが私にそんな言葉を言うはずない。

「夢じゃない」

真剣な瞳にゆっくりと首を振る。

「ライン？」

「違う」

「なにがだ？」

「違う。私はそんな言葉、欲しくない」

「嘘だ！　さっきは愛してるって言って抱きしめてほしいと！」

ぐっと耳を塞いだ。

ずっと求めていた言葉だ。私は確かにガスタにそうしてほしいと思っていた。

「今更……っ！」

噛みつくように唇を塞がれた。やみくもに振り回す手を掴まれて、頭の上でひとつに纏められる。

唇を割って入り込んでくる舌の熱さに眩暈がした。片手で私の動きを封じたまま、もう片方の手が肌を滑る。

ああ、嫌だ。私はこの手が心地いい。心地いいと思うことが、辛い。

私がガスタに愛を求めたからだろうか。

夢うつつでも、そう言ってほしいと願ったから……。

このまま抵抗しなければどうなるだろうか？

ガスタはこの勢いのまま、私を抱くのか？

抵抗しながら、心のどこかでそれを望む自分が浅ましくて泣きそうになる。

「ライン」

熱を帯びた声にまるで時が戻ったような気がして……けれどそんなはずはないと首を振

る。

「ライン」

首筋をガスタの舌が這う。姿は人なのに、まるで虎のままのようだ。荒々しくて、自分勝手で……。

するりと内股（うちまた）に入り込んできた手に体が跳ねる。ぐっと押さえつける力が強くなって……それを嬉しいと感じる自分に唇を噛んだ。

膝裏（ひざうら）に手がかかって大きく足を開かされる。押しつけられるガスタのものはすっかり固くなっていて、ざわざわと心が揺れる。

腕を押さえられていて、よかった。

抵抗できないようにされていてよかった。

そうでなければ私はこの状態でみっともなくガスタに縋（すが）りついていたかもしれない。

無理矢理抱かれようとしているのに、嬉しいと叫んでしまったかもしれない。

「……っ」

ガスタの唇が心臓の上に落ちた。

ひときわ大きくなった鼓動は気づかれなかっただろうか？

「ラインも固くなっている」

気にしたものとは別のことを指摘されて動揺した。ぐ、と下半身を押しつけられてお互いの固くなったものが触れ合う。そのわずかな刺激でもいってしまいそうで……恥ずかしさに全身が震える。

「ライン」

甘い声。

勘違いしそうになるくらい、甘い声だ。かつての思い出が、そうさせるのかもしれない。

「ライン」

足を開かせていた手が、ゆっくりと太股（ふともも）を辿る。

立ち上がった私のものを包み込むように触れて……ガスタはまた私の名前を呼ぶ。

ガスタ、と。

私も名前を呼びたくて……。けれど声は出ない。呼んでしまえば、許してしまいそうだ。

「あっ」

ガスタの手が、それを握る。少し開いた唇にガスタが再びぶつかるようにキスをした。

「んっ……んんっ！」

入り込んでくる舌と動かされる手に、あっという間に追い詰められる。いつの間にかガスタの舌を受け入れやすい角度を探す自分に呆れて……けれど体をめぐる熱に、もういいかとすべてを投げ出しそうになる。

ガスタが私を求めている。

どんな理由でも、私を抱きたいと思っている。

それでいいじゃないかと納得しようとして……目尻から熱い雫がこぼれた。

「ライン……？」

ふとガスタの唇が離れて……。私を覗き込むガスタと視線がぶつかった。

「俺じゃ、だめか？」

苦しげに歪む顔。

「お前が欲しいのは、やっぱり俺じゃないのか？　だけどあの男はもういない」

あの男……。ガスタが言っているのは番だった男のことか……？

「俺にしておけ」

ぼんやりとした頭が言葉を反芻して……呆然とした。

ガスタはまだ私があの男を愛していると思っている。結局、私を信じてくれなかったあのころのままだ。

「……お前はひどい男だ」

心が噛み合わないまま、体を重ねようとしている。

「ああ。俺はひどい男だ。お前の傷につけ込もうとしている」

違う。私を傷つけているのはガスタのなのに、そのことに気づきもしない。それを責めているのに……。

するりと下に移動して、私の太股を肩に乗せる。私は両方の手で顔を覆った。

「あぁっ！」

それを、ガスタが口に含んで……私は大きな声を上げた。長い間、快楽を忘れていた体はあっけなく堕(お)とされようとしている。

奥まで飲み込まれて……長い舌が、ゆっくりと愛撫を繰り返す。閉じようとする足を押さえる手は力強いのに刺激を与えるための行為はひどく緩慢だ。

「くっ……あっ、あぁっ！」

ガスタの手が後ろに回る。

双丘の間に、指が添えられ……固く閉じたそこを緩く撫でる。

「いっ……あっ」

想像した。

ガスタの指がそこを暴き、無理矢理入ってくるのを。

痛みの中で、注がれる熱に恍惚(こうこつ)となる自分を。

けれどガスタは手を離す。

与えられなかったことに、大きく息を吐く。ガスタが欲しいのだと叫ぶことができればいいのに、私を信じないガスタが憎くて言葉が詰まる。

「……っ、やめっ……！」

ぬるりとした感触に思わず、叫んだ。

私のものから口を離したガスタが、今度は先ほど指が這った場所に舌を這わせたから。

「あっ、や……っ」

「傷つけたくない。がまんしてくれ」

「しゃべる……なっ、あっ」

ぐるりと体を反転させられる。足を折り曲げられたままうつ伏せにされて、ガスタの前にそこを晒している体勢に、体が熱くなった。

ぴちゃり、と音がする。

わざと音が鳴るように、舐めている。

私がそれを恥ずかしがることを覚えているんだ。

ガスタと当たり前に体を重ねていたとき、それをしようとするガスタを照れ隠しに枕で叩いた。恥ずかしすぎて蹴ってしまったこともある。

きっと私がそうすれば……ガスタは安心するだろう。

私とこうして体を重ねる行為に、昔と同じところを見つけたいのだ。それならばと、私は体の力を抜く。

安心など、させてやるものか。

知らない私を見て、焦ればいい。嫉妬すればいい。

一瞬だけ動きを止めたガスタは、けれどすぐに舌を動かし始める。

「くっ、あっ……ああっ！」

無意識に逃げようとした体は、腰を摑まれて引き戻される。

前に回った手が、ゆるゆると私自身を触り始めて私はまた声を上げた。

いけるほどの刺激はくれない。ただ、高めて……限界が来そうになる前に緩める行為を繰り返されて喘ぐことしかできなかった。

「っ！」

ぐっ、と舌が差し込まれる。同時に指も。

思わず敷いてあった絨毯を握りしめた。

私の中に入り込んできたふたつの異物がゆっくりと別々に動く。

「ああっ」

絨毯を握る力が強くなる。

「ライン」

熱い息と同時に私の名前を呼んだガスタは、ようやくそこから唇を離した。だが、同時に二本目の指をねじ込んできて体が、跳ねる。

「ライン」

背中に息がかかる。

覆いかぶさるように私を抱きしめて、ガスタは埋め込んだ指をゆっくりと動かす。
どこまで奥に届くか。
どこまで広げられるか。
二本の指が恐ろしく優しい動きで私を追い詰める。
「ライン」
うなじに熱い息がかかる。
背筋がぞくりとしたのは……なにより、せつなげに私の名を呼ぶガスタのせいだ。
ガスタ、と。
また私はその名を飲み込む。
三本目の指が埋め込まれて、奥歯を噛みしめる。
「……っ」
私はなにをしているんだろう。
これは愛しい行為のはずなのに、どこか虚しい。
ガスタは優しく私を抱こうとしている。望む言葉さえ、くれようとした。
「今だけは俺を愛してくれ」
けれど、心が伴わない。
今だけ？

ふざけるな。私が、どれだけずっとお前を……。

「……どけ」

先に声が出た。

「ライン？」

「どけ。離せ！」

声を荒らげると、拘束が解けた。ガスタが体を起こしたのに合わせて、足を蹴る。

「痛っ！」

それくらいの痛みがなんだ。私のほうがずっと痛い。

「ラ、ライン？」

「お前などもげてしまえ！」

「え！　もげ……っ？　ライン⁉」

ああ、悔しい。こんな男にずっと焦がれている自分が情けなくて仕方ない。

ばさりと布を纏って体を覆うと、もう一度蹴っておく。

「出ていけ」

「は？」

「ここから出ていけ！」

「そんな、ひど……っ」

ひどいのはどちらだ。ぎろりと睨むと、大きな体がびくりと震える。

体にくすぶる熱が、ガスタを求めていて悔しい。今すぐガスタを欲しいと思うことが、辛い。

ぎり、と唇を噛む。

「あの、ライン……」

まだ出ていかないので、手を前に出した。

「うわあああっ！」

声は風の魔法を真正面からぶつけられたせいだ。簡略化した呪文だったが、ガスタを馬車から追い出すくらいはできた。柵がぶつかって壊れて……かなり派手な音がしたが、知るものか。

「ラ、ラインっ……せめて服を……っ」

「虎にでもなっておけばいいだろう」

人に戻ったなら獣化も自由にできるようになったはずだ。そもそもあいつは荷物を出せていないのか？

荷台の中を見回すが、それらしいものはない。

まだ、完全に戻ったのではないのかもしれない。ふとガスタの体は大丈夫だろうかと気になったが、すぐに頭からその考えを振り払った。あの男の体がそんなに繊細にできているわけはない。

服を着てそっと外を覗くと、雨は綺麗にあがっているようだった。

虎になったガスタの気配は普段なら掴みにくいものだが、今はうろうろと馬車の周囲を動いているのがわかる。時々、「わん」とか「にゃー」と聞こえるのはなんとか笑わせて機嫌をとろうとしているのか。とりあえず、私の体の力を抜くことには成功している。

しばらくして、服を外へ放り投げた。モーラで私のために出したガスタの服だ。私には少し大きかったからあのあとは着ずに置いてあった。

「ライン！」

服を投げられたことで許してもらったとでも思ったのか、笑顔でガスタが荷台に乗り込んできたので再び蹴り出しておく。

「ライン」

甘えるような声を出しても無駄だ。

「次の街までお前が御者をしろ」

「え？」

「今まで私はひとりでさんざん無理をしてきたんだ。ゆっくり休ませてもらう」

クッションを寄せてもたれる。虎の毛は少し気になったが、さすがにいい品なだけあって居心地は悪くない。ガスタのように腹を出して寝転んだりはしないが、ここでのんびりさせてもらおう。

「任せておけ！」

御車台から声がして、馬車が動き始める。なんだか喜んでいる気がしたのは気のせいか？

故郷が近づいていて嬉しいのだろうか。鼻歌のようなものまで聞こえてくる。

恐ろしいほど前向きな男だ。本当にもげるくらいのことがなければ落ち込まないんじゃないだろうか？

＊

デルバイアの最初の街の名はフィンツ。

特に際立った産業があるわけではないが、昔は国境の最前線として名を馳せた街だ。シャウゼがまだ存在すらしていなかったころ、ここは獣人と人間との争いの中心地だった。

やがて獣人が勝利し人間の国が細分化されて争いがなくなったあと、獣人たちは自分の国から出ることをやめるのだが、フィンツの街にはかつての名残がいくつか残っている。

その最たるものは大きな城壁だろう。

谷間に位置するこの街にはその谷全体を区切るように高い城壁がある。

両脇の森は深く、獣も多いため通り抜けるのには適していない。戦時ですら通ることを諦めるほどだったのだ。この方面からデルバイアに入国するためには必ずこの街を通ることになる。

他国との関(かか)わりをできるだけ排除してきたデルバイアは入国条件も厳しい。滞在の目的、おおよその日数等を書類に書いて入国許可証を得る。もし滞在日数が延びるようならそのたびに役所に出向いて書類を更新しなければ国外退去となってしまう。

ここで振りかざすのは俺の権力！　荷物は未(いま)だに出てこないが、少しくらい顔を知る者はいる。いなければ領主に会えば解決するはず。そう思って張り切っていたのに、城壁を通るときにラインは持っていた通行証を見せた。

そこに記されている紋章はラインの番だった男の家のもの……。ラインの持つ通行証は、戦時でもなければ無条件に入国を許すもので、書類を書く必要もない。

「……そんなもの、捨ててしまえ」

「ないと面倒だろ」

あの男のものを持っていることが気に入らなくて呟いた言葉は一言で切り捨てられる。

仕方ない。王都へ行くまでの間だけだ。向こうに着いたら俺の家の紋章で同じものを作って渡そう。

フィンツの街は、中に入ってしまえば造りは大雑把だ。街のほぼ中央に兵舎があり、その後ろにこの地方の領主の館があるというくらい。そのふたつもさして立派な建物でもない。堅固な城壁は残っても、人々が暮らす建物は住みやすいように変わっていく。

国境が近いといってもデルバイアのわずかな貿易では海路が多く、この街で輸入業を営む者はほとんどいない。ここにいる役人も入国審査が主で文官のほうが多いくらいだし、特に争い事があるわけでもない。見た目の物々しさと相反して平和な街だ。

荷台についていた見かけ倒しの柵は昨日の夜に焚火(たきび)となった。ふたりしてその火を眺めながらのんびり……できたらよかったが、俺はラインに近づくことを許されていない。火を挟んで向かい側だ。だが、闇の中焚火に照らされるラインは綺麗だった。ずっと見ていて石を投げられそうになったが、そういう反応も楽しい。

今日はこの荷台を売ってその金で馬を買う予定だ。荷台に乗せる大きな荷物だった俺がこうして人前に出られる姿になったので、だったらいっそ王都まで馬で駆けようということになった。俺とふたりの旅を早く終わらせたいようなことを言っていたが、どれだけ急いだところでしばらくデルバイアに滞在することに変わりはない。

馬に乗るライン。それを想像してにやりと頬が崩れる。

ぴしりと伸びた背筋。風になびく金色の髪。ラインが馬に乗る姿は絵画にしておきたいくらいだ。

「ああ、人の国で作られた馬車だね。なかなかにしっかりしている」

持ち込んだ馬車は思ったよりもいい値がついた。おおらかな性格の者が多い獣人たちは細かな作業が得意じゃない。人の国のものはわりといい値がつく。

そして買えた馬も立派なものだ。

まあ、獣の姿で駆けられる者が多い中、馬はそれほど高価ではない。中央の平原には野生の馬も多くいる。

予想よりもいい取引ができたラインはご機嫌だ。それほど表情は変わっていないが、足取りが軽くなっている。俺の知らない年月で商人という生き方が随分身についたようだ。

もともと馬車を引いていたラインの馬と新しく買った黒毛の馬を引きながら街の中央の通りを歩く。ラインを見て振り返る男が数人……もれなく睨みつけておく。

商店や宿があるのはこの通りだけだ。一本入れば、普通の民家しかないし、ところどころに畑もある。かつての国境線の街らしく攻めてきた敵が簡単に中央に辿り着けないように道は大きく蛇行しているが、それでもそんなに長い道じゃない。

宿も選べるほどにはなかったはずだ。覚えているのは二軒。兵舎の前にある少し贅沢な造りの宿と食堂と一緒の庶民的な宿。

「ここでいいか」

予想どおり、ラインが足を止めたのは食堂と一緒になった宿のほうだ。これは俺が悪い。

未だに荷物が出せない。それができれば一番いい宿の一番いい部屋をとってやるのに。

まあ、こういう宿も昔を思い出して悪くはない。

もう夕暮れに近い時間で食堂は活気に溢れている。店員の注文を受ける声や客の笑い声がこれほど聞こえているなら繁盛しているよい店だろう。

表の馬留に二頭を繋いで中に入る。

「いらっしゃーい！」

すぐさま聞こえたのは中年の女性の声だ。

一階は開けたホールになっていて、いくつもテーブルが並んでいる。ここが食堂だろう。客の入りは七割程度。

入口すぐにカウンターがあり、その横に二階へと上がる階段がある。上が客室となっているようだ。

「お兄さんたち、泊まりかい？」

「ああ。二部屋用意してもらえると助かる」

俺が答える前にラインが前に出た。俺に任せる気はないらしい。

「二部屋？　こんな美人と部屋を一緒にしてもらえないなんて、後ろのお兄さんは難儀だねえ」

女性の声に後ろでどっと笑い声が起きる。

俺も一緒の部屋がよかったよ。ちょっといい酒でも買って、ラインとふたりで飲みながらゆっくり距離を縮めたい。

そう思うのに、周囲には気づかれないようにぎろりと睨まれて肩を竦める。

ラインはまだあの男を忘れられないのだろう。

けれど俺はもうラインを諦められない。たとえ他の男を愛していても、俺はラインを受け入れられる。そのままのラインを愛してやれる。この間は、最中にその話を持ち出して思い出させてしまったが……きっと、ゆっくり話せばわかってくれるだろう。束の間でも、あの男を忘れるために利用してくれるならそれでいい。

「こいつはいびきがうるさくてね。一緒の部屋だとよく眠れないんだ」

ラインが軽く返して人好きのする笑顔を浮かべる。俺にもその笑顔を向けてくれたらいいのに。

「まあ、いいさ。今日はそれほど客も多くない」

女性が宿賃を説明しながら鍵をふたつ出してくれる。部屋が埋まっていて一部屋しかないなんていう幸運なことは起こらないらしい。

「領主さんの館に近いほうだったらけっこう部屋は埋まってるんだけどね。今日は王都から鳩の軍人さんやなんだか偉い人たちが来ててねえ」

続いた言葉に思わず喉が鳴りそうになった。

鳩の、軍人？

軍人になっている鳩族の者はひとりしかいない。そしてそのひとりにはロアールの世話を任せていたはずだ。

「ああ、そう。小さな可愛い狼の子もいたよ。きっといいお家の子なんだろうね。大人たちを連れて街を歩いてたよ」

思わず物騒な呻き声を出しそうになって、ごほごほと咳をして誤魔化す。

鍵を手にしたラインが情報を得るために女性と世間話をしているのを聞きながら……おかしな汗が止まらない。

狼の子。狼はゼクシリアの一族だけではない。わかっている。わかっているが、鳩の軍人と狼の子という組み合わせに嫌な予感しかしない。否定したいのに、否定し切れないのはロアールの無謀さとザウザの間抜けさをよく知っているからだ。

「上がって右の二番目と三番目の部屋だよ。仲良くね」

女性の言葉に急いで部屋へと向かう。あの女性の言うとおり仲良くして時間を潰したいが、そうもいかないだろう。

「お前の部屋は向こうだ！」

無理矢理同じ部屋に押し入るとそう叫ばれたが、今は非常事態だ。

「ロアールがいるかもしれない！」

「ロアール？　ロイの子か？」

ラインが眉をひそめる。

「いや、でもロアールは王子だろう。こんなところに……？」

その疑問はもっともだ。俺もさすがに違うと信じたい。

「さっき、ここの女性が話していただろう。狼の子がいたと」

「大人たちを引き連れて歩いていたという子か？　でもロアールはまだ生まれて三ヶ月ほどだろう？」

ああ、ラインの頭に浮かんでいるのはきっと自分で歩くこともできない赤ん坊。それは人間の世界では普通のことだ。

「今ではもう人でいう二歳くらいの見た目で……歩くどころか自由に走り回っている」

「に……っ。いくらなんでも早いだろう！」

「早い。だが、あの子は特別だ」

宝玉。そういわれる存在で魔力も強い。腹の中にいたときですら自我があったような子だ。生まれてからの成長には目を見張るものがある。

「とく、べつ……」

ラインの声が震えている気がして顔を上げる。

「ライン！」

思わず、肩に手を置いて顔を覗き込む。それくらい、ラインの顔が真っ青になっていた。

「特別って……特別って。まさか」

「ライン？」

「違うよな？　ロイの子は神に愛されてなんていないよな？」

ラインの勢いに押されて床に倒れる。それでも必死なラインになんとか頷いた。

「違うんだな？　そんな病ではないんだな？」

再度確認されて何度も頷くと、ようやくラインの体から力が抜けた。

胸元に倒れ込んでくる体を無意識に抱きしめる。

落ち着けるようにと背中を叩いていると、しばらくして大きな息を吐きながらラインが体を起こした。もっとここにいてくれていいのにと思いながら一緒に床に座り込む。

特別だと言われて咄嗟にラインはロアールの体を心配したんだろう。

獣人には稀に『神に愛された子』が生まれる。

非常に珍しい病だ。

獣人は生まれてすぐは人間と比べ物にならない早さで成長していく。体ができ上がっていくにつれ、それはだんだん緩やかになり、やがて人間よりゆっくり老いに向かうようになる。青年期、とでもいうのだろうか。その期間が長いというのが獣人の生の特徴だ。

POSTCARD

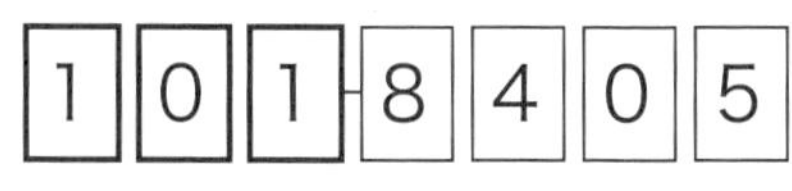

東京都千代田区
神田三崎町2-18-11

二見書房
シャレード文庫愛読者 係

通販ご希望の方は、書籍リストをお送りしますのでお手数をおかけしてしまい恐縮ではございますが、**03-3515-2311までお電話くださいませ。**

＜ご住所＞ □□□-□□□□

＜お名前＞ 様

＊誤送を防止するためアパート・マンション名は詳しくご記入ください。
＊これより下は発送の際には使用しません。

TEL		職業／学年
年齢　　　代	お買い上げ書店	

Charade愛読者アンケート

この本を何でお知りになりましたか？

1. 店頭　2. WEB（　　　　）　3. その他（　　　　　　　）

この本をお買い上げになった理由を教えてください（複数回答可）。

1. 作家が好きだから（小説家・イラストレーター・漫画家）

2. カバーが気に入ったから　3. 内容紹介を見て

4. その他（　　　　　　　　　　）

読みたいジャンルやカップリングはありますか？

最近読んで面白かったBL作品と作家名、その理由を教えてください（他社作品可）。

お読みいただいたご感想、またはご意見、ご要望をお聞かせください。

作品タイトル：

ご協力ありがとうございました。

お送りいただいたご感想がメルマガに掲載となった場合、オリジナルグッズをプレゼントいたします。

だが、ごく稀に成長が止まらない子がいる。

その子は体が大きくなってもそのままで……さらに早く老いを迎え、あっという間に人生を終えてしまう。あまりに哀れなその子たちを獣人の間では神に愛された子と呼ぶ。

親ならば一度は不安に思う病だ。けれど本当に珍しいもので、俺も実際にその病を得た子を見たことはない。

「お前が特別だなんていうから、驚いたじゃないか」

「特別というのは男同士の番から生まれる子のことだ。強い子が多く、獣人の間では宝玉と呼ばれる」

「……じゃあ、病というわけではないんだな？」

「違う。けれどよく『神に愛された』なんて言葉を知っていたな。あれは……」

そこまで言いかけて言葉が止まる。

ラインの獣人に関する知識はそれほど多くない。俺と過ごした期間に知ったことがほとんどだ。その中でその病に関して話題になることなんてなかったはず。

そんな珍しい病の名前を出したライン。

頭に疑問がよぎる。けれどそれは予感であったのかもしれない。

「どうして知っている？」

少し声が震えた。

その可能性に気づいて。

ラインの番は早くに亡くなった。助からない病であったという。

そして知らないはずの病に怯えるライン。まっすぐに俺を見た瞳は苦しげに歪んで逸らされた。

「ライン」

「『神に愛された子』だった」

ぽつりと告げられた言葉。

「私の番だというあの男は……あの子は、『神に愛された子』だった」

その瞬間に体が動いた。

ラインが避けようとするのを許さずに腕に閉じ込める。

俺は自分のことしか考えていなかった。自分が傷つくことを恐れて逃げたと理解していながら、本当の意味で理解していなかった。

俺が消えてからラインが見たものを想像して胸が抉られる。

わずか一年ほど。その間に、あの男は駆け足で人生を終えた。

俺があの男を見たとき、外見上は年上だった。つまり病はもうかなり進行していたはずだ。おそらく、ラインを抱きしめることもできないままだっただろう……。それをラインはどんな気持ちで眺めていたのか。

『デルバイアには思い出が多すぎてね。行けば心が血を流す』

二度目の再会で告げられた言葉は単に番を亡くしたという悲しみだけではなかった。どんな気持ちでラインは俺に行きたくないと告げたのか考えもしなかった。

「ライン」

「どうして、お前が泣く？」

言われて、自分の目から涙が溢れていることに気づく。けれど止めようがなかった。

「これはお前の涙だ」

ラインの心が痛いと叫ぶから俺の目から涙が出る。そんなこともわからないのか。

「愛してる。ライン」

「は？」

「愛してる。俺が悪かった。でも愛してる」

どうして俺はラインを置いていったのか。

番は愛し、愛されるもの。けれど未来がない中でのそれはあまりに残酷だ。

「勝手だな……！」

「そうだな。勝手だ。でも今でも……変わらずお前を愛してる」

「私とお前は番じゃないんだろう？」

「……そんなものに負けない」

そう言った瞬間に腹に衝撃が走った。ラインの拳が腹にめり込んでいる。

「その台詞(せりふ)はあのときに言え！」

ごほごほとせき込んでいる間にラインが離れてしまう。

「しばらくそこで頭を冷やせ！」

ラインが言い捨てて部屋を出ていく。俺はいろんなところへの衝撃が大きすぎてそのまま床に倒れ込んだ。早く追いかけなきゃいけないのに、体に力が入らない。

*

『愛してる。ライン』

これほど腹の立つ言葉はないと思った。

ガスタがそれを口にしたときどうしようもなく頭に血が上った。

愛してる？

私を置いていったくせに。

私がどうしようもなく苦しいときにそばにいなかったくせに。

番といたほうが幸せになれるだなんて、そんな勝手なことを言って逃げたくせに。

頭を冷やせ、と言って出てきたものの、頭を冷やしたいのは私のほうだった。ガスタが関わるとどうしても冷静になれない。

道なりに歩いていると広場に行き当たった。全面が石畳になっていて、中央には噴水もある。

正面は兵舎だろうか。右側にあるしっかりした造りの建物がちょっと高めの宿に違いない。

昼間はここに市もでていると聞いていたが、陽も落ちた時間では屋台らしきものは見当たらなかった。ぐるりと広場を囲む建物から漏れている灯と兵舎の前に掲げられたランプがどうにか足元を照らしている。

ぼんやりした頭のまま、噴水のふちに腰をおろす。馬の水浴びもできないくらいの小さなものだが、中央に置いてある大きな魚の彫刻はなかなかに見事なものだ。

『……そんなものに負けない』

その言葉を聞いて思わず手が出た。

言いたいことは山ほどある。それこそ、一晩中怒鳴り散らしても伝え切れないくらいだ。

「もう何発か殴っておけばよかった」

そうすれば少しはすっきりしたかもしれない。

待ち望んでいた言葉は……想像していた感情を呼び起こしたりはしなかった。

愛してるとガスタが言えば、私の心は喜ぶんじゃないかと思っていた。過去の辛いことはすべて流されて、鐘が鳴って幸福に包まれるんじゃないかと。

けれど、そんな奇跡は起こらなかった。

過去は過去のまま。

私の心はあのとき欠けたのだ。傷ならばいつかは癒えただろうが、欠けてしまったものは元に戻らない。

けれどほんの少し留飲は下がった。

離れていた年数の間、ガスタが少しも苦しまなかったなんてことになれば、それこそ報われない。

報われない？

私は大きく首を振る。報われたいわけじゃない。ほんの少し、ガスタに後悔させてやってそれでじゅうぶんだ。

考えに耽っていると、足元に小さな毛の塊が絡みついた。

「え？」

犬？

白い小さな犬が私を見上げている。すごい勢いでしっぽを振っているから人懐こい性格なんだろう。

そっと手を伸ばして撫でてみるが嫌がる気配はない。

それならと前足の下に手を入れて持ち上げてみた。なんだろう。不思議な犬だ。ものすごく、好意を伝えてきている気がする。それに白かと思っていた毛並みには少しキラキラとした別の色が混じっているようだ。

「君はどこから……？」

問いかけると笑ったかのように目が細くなる。もしかしたら獣人の子かもしれないと思った瞬間に体を淡い光が包んだ。

「かあさまの、おじさん！」

とたんに甲高い声が響く。

「かあ、さま？」

かあさまのおじさん？

気づけば抱えていたはずの子犬が人の子の姿を取っていた。驚いて落とさなかった私を褒めてほしい。

青い瞳がロイを追ってきたデルバイアの国王と同じことに気がついて……ああ、よく見ると顔立ちも似ているような？

『ロアールがいるかもしれない』

そこでようやく、先ほどガスタが伝えてきたことを思い出した。

落としてはいけない！　その思いだけで必死に耐えたが、放り出して叫びそうなほどの衝撃を受けた。

「ロ……ロアール？」

「おれの名前知ってる！　やっぱりかあさまのおじさん！」

にこにこと無邪気に笑うこの子をどうすればいいかわからなくて固まってしまう。

待ってくれ。

ロイの子ということは、デルバイア国王の子。こんな国境近くの街の誰もいない広場に現れるような存在ではない。

「おれね、おじさんに会いたくて来たの！」

いや、来たのと言われても……。

思わず、ロアールを抱えたままきょろきょろとあたりを見回してしまう。大国の王子がひとりで出歩くはずはない。きっとおつきの人が何十人といるはずなのに……その気配がまったくない。

「誰か一緒じゃないのか？」

言葉遣いが不敬だと発してから気がついたが……動揺が半端ではなかった。

「いっしょだよ。ザウザに運んでもらった。とうさまは重くて運べなかったけど、おれなら運べるって」

「ザウザ？」

知らない名前を繰り返すと同時に、宿のほうから「ロアールさまあ！」と大きな叫び声が聞こえた。なるほど、彼がザウザか。

灰色の髪に、くるりと丸い瞳の青年がばたばた慌てた様子で走ってくる。

「貴様っ、そのお方を離せっ！」

私たちの前で勇ましくそう言ったところで、膝がかくりと力をなくした。そのまま無様に地面に倒れた彼は涙目でこちらを見上げる。

「ロ、ロアール様」

ああ、今のはロアールが魔法を使ったのか。少し空気が動いた気はしたが、こんな小さな子が簡単に魔法を使うとは。

「おじさん、見つけた！」

「おじ……ああ、もしかしてライン様ですか！　言われてみればロイ様に似ておられる！」

そんなにあっさり身元を信じていいのか？

「そう。かあさまと同じ匂いがするーっ」

そういって抱きついてきたロアールは私の胸元にぐりぐりと頬を寄せる。獣人は匂いでもわかるものなのか。

「ガスタの匂いもする。おれの好きな匂い！」

さっき、近づいたときについてしまったものか。

「すみません、随分驚かれたでしょう？　私はデルバイアで軍籍を賜っておりますザウザと申します」

「ザウザ、様」

「ザウザと」

きりっとした表情を作っているようだが……再び膝からかくりとくずれる。

「やめてください、ロアール様！」

「やめなーい」

ふわっとロアールの体が形を失う。その不思議な感覚に確認しようと手を伸ばすが、ロアールの体はすでに白い犬……違う、狼に戻って駆け出すところだった。

「ロアール様！」

叫んでザウザが走り出す。

「ガスタに会うのー！」

私も慌ててそのあとを追った。

私が来た道を辿るように子犬……ではない、子狼のロアールが走る。以前貰った手紙でロイがとても元気な子だと書いていたが、これは元気の範疇を超えている気がする。

急いでいるつもりだが、獣人の全速力に人間では追いつけようもない。あっという間に引き離されて距離ができる。これではあのザウザという青年は苦労しているだろうなと思った。

やっと宿の前まで来た私が見た光景は、ガスタに抱えられているロアールとゲンコツをくらうザウザだった。

そうだな。王子がひとりで走ってきたらおつきの青年は怒られるに決まっている。

「だって、ガスタの荷物が」

ロアールが少し涙目でガスタを見上げている。

「荷物?」

「ガスタの荷物がね、きゅうにおれのとこへ来た!」

え?

追いついてその言葉に目を丸くする。荷物……荷物とは、ガスタが獣化したときに消してしまって未だに出せない荷物のことか?

「かあさまの手紙も、お金も全部あるから困ってるだろうとおもって届けに来た!」

すごいだろう、といわんばかりに胸を張っている。ガスタはしばらく考え込むように口元に手を当てていたが、なにか思い当たることがあったのだろう。急に大きく肩を落とした。

「ロアールは俺に魔法をかけていたのか？」

「……」

そう聞かれて、ロアールがきょろきょろと瞳を動かす。どうも挙動不審だ。

「ロアール？」

「だって、ガスタが元気にいられますようにって」

「他には？」

「えっと、困ったら力が出るようにと、おれにわかるようにと、それからそれから……」

どうやら旅に出るガスタのために思いつく限りの魔法をかけていたらしい。

「……わかった。だいたい、お前のせいだということはわかった」

雑多な魔法は思っているとおりに働かないことがある。こんな小さな子では、いくら魔法を上手く使おうとしてもそんな複雑なものは発動しなかったのだろう。

「困ったら力が出るように、が原因か……？」

額を押さえて大きく息を吐いたガスタに、それが獣化したまま戻れなかった理由だと思い当たる。それにしても、ガスタが逆らえないとか……いったいロアールの魔力はどれほど大きいのだろう。

「荷物がそちらへ行ったのは、俺が無理に跳ね返したからか」

ガスタがロアールを特別だと言った理由がわかる。こんな小さな子がそんなにたくさんの魔法を使ったこと。それにいくらガスタが跳ね返したからと言って、荷物が空間を移動するなんて魔法は古文書でしか見たことがない。

「帰ったら教師を増やさないとな。お前の立場と行動をしっかり教えてくれる厳しい先生が必要だ」

ロアールの顔がふにゃりと崩れる。厳しい教師はお気に召さないようだが、これは必要だ。むしろ帰ってからだなんて悠長なことを言っていられないと思う。

「ザウザ、他に何人いる？」

「四人です。兵舎前の宿におります」

ああ、そうか。さっき宿の女性が言っていた軍人さんたちは彼らのことか。

「報告は？」

「お手紙書いた！」

ロアールが得意げに手を挙げる。

「ほう、手紙が書けるようになったのか」

「うん！　かあさまに初めて手紙書いた！」

初めての手紙が家出の手紙ならばどれだけ驚かせたことだろう。オロオロするロイの姿がはっきり想像できてしまう。

「なんて書いたんだ？」

「しょうぐんを迎えに行きます。ザウザもいっしょだからしんぱいしないで」

ああ、なにも安心できる材料がない手紙だな。しいて言えばザウザも一緒というところくらいか。だが、先ほどからのザウザを見ていると子供を任せて完全に安心できる人物ではないように思える。

「ゼクシリアには……」

「とうさまには言った！　気をつけて行ってこいって！」

思わず、と言ったようにガスタがザウザを見る。その気持ちはよくわかる。許可なんておりるわけがないと思ったのだ。

ぴしりとザウザが姿勢を正す。

「陛下から直接、随行の許可を得ております」

「あの馬鹿……」

許可……、出ているのか。

「いえ、あの……陛下もノリノリで許可されたわけではなく……」

「当たり前だ！」

うん、まあそうだな。そんな許可をノリノリで出してしまうようではロイも落ち着かないだろう。

「あのね、かあさまがけっこんしきのお洋服を試していて綺麗だったの！」

「それで？」

「とうさまがどこかにかあさまを連れていこうとするから、ついていったの！」

「うん？」

「でもおれがいるとダメだって。だから、ガスタのとこに荷物届けるって！」

だからの先が飛躍しすぎな気もするし、ロイが綺麗だから連れていこうとして……子供がダメ？　なんだか私の中で陛下の印象が下がっていく気がする。

「……ザウザ、正式な随行の許可じゃないな？」

「仕方ありません。ロアールさまは将軍のところへ行く許可を得たときに誓約の魔法をかけておられました」

誓約？

国同士の決め事など大きな取り決めに使われる魔法のことか。確かそれを破れば命に関わることもあると……。そんな重要な魔法を、口約束に使ったのか？

困ったら力が出るようになんて曖昧な魔法も、誓約なんていう大きな魔法も簡単に使ってしまうのか。これは先が思いやられる。

「陛下も慌てておられて……、飛び出したロアール様を追うために翼のある者が集められました」

それは随行のための要員というよりは捜索のための要員のように思える。

「それでね、ザウザに鳩になってもらってね。お空を飛んだの！」

「ほう」

冷たい視線を向けられてザウザが小さくなる。

「だ……大丈夫です。大人は運べませんが、ロアール様は随分軽っ！」

途中で声が途切れたのはガスタが睨みつけたからだ。ロアールからは見えていないだろうが。

「万が一。もしも。そういったことは一切許されない。わかっているのか？」

「……はい」

これは仕方ない。近距離ならばともかく、王都からここまでの距離をよく飛んだものだと感心する。

「だから帰りもザウザに任せればすぐだよ！」

「いっ、いやっ、そのそれはもう体が疲れてしまって！」

「えー！　だって宙返りとか楽しかったのに」

宙返り？　鳩が、宙返り？

「ロ、ロアール様っ、それは内緒に……っ！」

「ザウザ」

「はいいいいぃっ！」

ガスタの低い声にザウザが飛び上がる。

「話はあとでゆっくり聞く。それから、今日はこちらの宿にお願いしていたがお前たちのほうへ移動する。手続きを」

「……はっ」

少しだけ間を置いてザウザが姿勢を正す。ロアールがいる以上、合流したほうがロアールの安全のためにもいいのだろう。私たちがこのままこの宿に泊まってしまったら夜中に抜け出してきそうだ。

ロアールを片腕に抱いたまま歩き始めたガスタのあとを追う。ガスタの腕の中できゃっきゃっとはしゃぐロアールはガスタに随分懐いているようだ。

それに……とガスタの顔を見上げる。

あんなふざけた調子で将軍など大丈夫かと思ったが、案外真面目に命令も出せるのだなと思う。わんとかにゃーとか言っているあの姿を部下にも見せてやりたい。

兵舎近くの宿は、一番いい部屋にロアールとザウザが泊まるように手配されていたのでそれをロアールと私で使うことに変更した。

二間続きの部屋で手前が応接室、奥には寝台がふたつある寝室がある。

部屋は埋まっていたが、ふたり部屋をひとりずつ使っていたので、ガスタとザウザにはどこかの部屋に相部屋してもらうことになった。

交代で警備も行うので、全員が一度に寝るわけではない。問題はないだろう。

宿に着いて部屋に落ち着くとガスタはザウザを連れて消えた。

うん、それについては深く追究しては可哀想だ。子供の前では言えない小言もあるだろう。

「おじさん、かあさまと同じ匂い」

ロアールは今、ベッドで私の隣にいる。

食事のあと一緒に風呂に入って、就寝前にせがまれ、うろ覚えの童話を話し終えたところだ。寝台はふたつあるから離れてもよかったが、ロアールは一国の王子だ。こういう機会はきっともうないだろうと思うと今夜くらい甘やかしてやりたくなってしまった。

ロアールの顔立ちは国王に似ている。だが、目元や口元にロイの幼いころを思い出させる雰囲気があって、不思議な気持ちになった。

ロイが、子供を……。

私がロイを預かったのは彼が七歳くらいのときだ。

当時からぽやぽやした子だったなと思う。旅に身を置くのは無理だろうという姉の言葉はもっともだった。ロイが安全に楽しく暮らしていくために随分骨を折ったが、あの子が笑っていられるためなら苦にはならなかった。幸せに……それだけを願っていた。

同性、男同士。そういった関係で子ができるとはやはり未だに信じられない。もし……

と考える。私とガスタが番だったら、私はガスタの子を身ごもる可能性もあったのだろうか?

「ロアールはロイ……母様が、好きか?」

「うん、大好き!」

「父様は?」

「とうさまは……」

ぎゅっと眉を寄せてから、ロアールはきょろきょろと視線を動かした。部屋には他に誰もいないことはわかっていたが、慎重に私の耳に口を寄せる。

「ちょっと好き」

ちょっとか。ちょっとなのか。

「でもね、とうさまはかあさまをひとりじめするときがあるから、そのときは嫌い」

うん、まあ新婚だし大人の事情もあるからなあ。

ふふと笑うとロアールも笑う。

「おじさん、かあさまに似てる。好き」

ぎゅっと抱きつかれたので思わず頭を撫でる。ぴょこんと飛び出した耳がぴくぴくと動いた。

「ねえ、おじさん! おれ、かあさまとは親子だからけっこんできないの。でもおじさんとなられっこんできるかな？」

「いや、おじさんも親戚だから結婚は無理だな」

可愛いものだなと思う。ロイは恋愛事に奥手であまり誰かを好きになったという話は聞かなかった。一度だけ誰かとつき合うようなことを言っていたが、長くは続かなかったようだ。

ロアールに番がいるかどうかはわからない。でも、いなければいいと思う。自由に恋愛をすることは立場上難しいかもしれないが、それでも好きな相手は自分で見つけてほしい。

「えー！　だめなの？　おれ、好きなひととけっこんできないの？」

ロアールの耳がぺたんと倒れる。だめだ。可愛すぎる。

「大丈夫。ロアールが大人になったときに、きっといい人が現れるよ」

「大人っていつ？　明日？」

「明日は無理かな。父様くらい、体が大きくならないと」

「すぐだもん！」

「はは。そうだな」

子供の成長は早い。獣人の成長は人間のそれとは比べ物にならないから、私が思っているよりずっと早いだろう。

それを想像しながらロアールの頭を撫でる。撫でられるのが気持ちいいのか、とろりと目を細めたロアールはふわっと光を纏って狼の姿になった。

これは存分に撫でろ、ということだろうと勝手に解釈して首元や背も撫でてやる。

やがてうとうとし始めると、ぽてんと体の力が抜けた。

あれだけしゃべっていたのに、あっという間だ。

きっと慣れない街で疲れてもいるんだろう。深い眠りに入ったのを確認して、私はそっと寝台を抜け出した。


まだ寝るには早い時間だ。少し寝酒でも飲もうかと応接室へ移動すると、そこにはすでに先客がいた。

「なにをしている?」

「警備」

ガスタは悪びれもせずにそう答える。

「酒を飲みながらか?」

ガスタの前にはワインとワイングラスがふたつ。きっと私が来るのを見越していたのだろう。

「まあ、難しいことは言うな」

座れ、と隣をさしたのを無視して正面のひとりがけのソファに腰をおろす。少し眉を上げたガスタはそれにはなにも言わずにグラスにワインを注いだ。

「愛してる」

唐突に言われた言葉に私は溜息をつく。

「その話はもういい」

「よくない。俺はお前を愛してる。お前が番を失う、一番辛いときにそばにいてやらなかったのは間違いだった」

ふん、と鼻で笑った。

私が一番辛かったのは番だという子を失ったときではなく、お前を失ったときだと言う気にはなれなくてワインに手を伸ばす。

「なあ、ライン。俺にお前を抱きしめる権利をくれないか？　愛してるって、抱きしめる権利を」

ワインをひとくち、口に含む。豊潤な香りが口に広がって……それを楽しむふりをしてガスタの言葉を聞き流した。

私が素直になってしまえばいいのだ。

私も変わらず愛していると言えば私はガスタの腕の中で幸せになれる。

そうわかっていても言葉は出てこない。

「ライン」

立ち上がったガスタがすぐ隣に来て跪く。

それをちらりと見てから私はまたワインを口に含んだ。

おかしいな……さっきはおいしく感じたのに、今度は味がしない。

ガスタがすぐ隣で私の手を取るから……ワインでは、その緊張が誤魔化せなくなった。

「どうしたら、許してくれる？」

簡単だ。

お前が信じればよかった。

お前が私を信じてさえいれば、私は揺るがなかった。

私の手を取ったガスタは自分の額にそれを押し当てる。

きっと周囲からこの光景を見れば、私のほうが悪者だろう。必死で許しを乞う男を無下に扱うなどひどいと非難を受けるだろう。

だが、本当にひどいのはガスタだ。

「番の男を愛したままでいい。だからお前のそばにいることを許してくれ」

持っていたワインをかけてしまおうかと思ったが、赤ワインでそれをやると宿にも迷惑をかける。そう思って一気に飲み干した。怒りを抑えるように息を吐き出して、空になったグラスをテーブルに置く。

「ライン」

愛しげに名前を呼ぶくせに、この男は欠片も私を信じていない。悔しくて、ガスタのグラスに注がれていたワインも一気に飲み干す。

全然足りなくて、ボトルに伸ばそうとした手を取られた。

「ライン、泣かないでくれ」

ああ……悔しくても、涙はこぼれるものなのか。頬に流れた雫に触れる手は、ずっと欲しかったもののはずなのに、違う。

「ライン、俺はお前の慰めでいいんだ」

馬鹿だな、と思う。

私を信じられないままのガスタも、こんなに腹の立つ男の唇を受け入れてしまう私も。

「ライン」

重なった唇から吐息のようにこぼれる名前。

愛しさが溢れているのに、胸が締めつけられる。

「いやだ」

「お前は番を裏切ってるわけじゃない。だから俺に流されろ」

耳元で囁(ささや)く声に涙が止まらなくなる。

「……っ！」

ガスタが飛びのいたのは、私がガスタを殴ろうとしたからだ。

「ちょっ、待て！　ライン、落ち着けっ」

「落ち着けるか」

まだあの馬車での旅のままなら、また荷台から追い出していただろう。

「お前は、私が十歳の子に本気で惚れると思っているのか！」

「へ？」

「あの子は『神に愛されて』いた。たった十歳だったんだ！　その年であとわずかな命と言われて私は置いていけなかった。馬鹿な勘違いをしたままのお前を追いかけたかったのに、行けなかったんだ！」

言った……。

言ってしまった。

気持ちを落ち着かせようと大きく息を吐く。

「それなのに、お前は『あの男を愛したままでいい』『慰めでいい』などと！　私を愛してるなんて言いながら、ちっとも信じていない！　あのときも、今も！」

ああ、ダメだ。息を吐いたくらいでは落ち着かない。

呆然としたまま立ち尽くすガスタに近づいて、力の限りに殴る。

大きな体がテーブルにぶつかり、ワインの瓶やグラスも一緒に倒れて派手な音を立てる。

「お前を愛する心など、とうの昔に欠けてしまった。もう元どおりにはならない！」

ガスタは間抜けな顔で私を見つめている。殴られた頬も、ぶつけた体も痛かったはずだが、それに気を取られた様子はない。

「どっ、どうしましたかっ！」

ばたばたと複数の足音が響く。ザウザたちがこちらへ向かっているのだろう。夜分に迷惑をかけたが、ガスタが謝っておけばいいと私は部屋を出る。

「ラ、ライン」

ガスタの呟きが聞こえたような気がしたが、振り返らずに「もげろ」とだけ返して扉を閉めた。

*

殴られた頬が痛い。

それ以上に、ラインが言った言葉に心が痛い。

『お前は、私が十歳の子に本気で惚れると思っているのか！』

いや、待ってくれ。だって番だ。

たとえ十歳でも番がわかっている以上は、心惹かれる。さすがに相手が欲しいと思うほどの欲は持たないだろうが、それでも……。

「ガスタ将軍、大丈夫ですか？」

ザウザが濡れた布を手渡してくれる。それを俺が頬に当てるのを見届けてから、さっと周囲を片づけてくれた。普段は抜けているくせに、細かいところでは気の利く男だ。

「番に惹かれないなんてことあるものか……」

思わず呟く。

「ああ、相手が幼いと感覚が弱いみたいですねえ。あとは獣化の機会が少ないと弱いらしいです」

なんでもないことのようにザウザが答える。

「……は？」

「獣化を重ねて、獣の本能が強くなってこそ番の気配を感じるんだって言ってましたよ」

「誰が？」

「あ、両親です。うちの両親、番なんで。王都に住んでるんで、お互い獣化することが少なくて。どうしようもないほど惹かれ合ったのは随分遅かったって言ってましたよ。人間のほうで番の感覚が薄いっていうのも獣化できないせいかもしれませんねえ」

さっと全身から血の気が引いた。

「まあ、番だとはわかっていたんで横恋慕とかはなかったみたいでしたけど……って、どうしたんですか！」

真っ青な俺を心配してザウザが大きな声を上げるが、その声が遠くに聞こえる。

俺は、なにをした？

ゆっくりと自分の行動を振り返る。

ラインの幸せを願って身を引いた。ラインを番のもとに置いて国を出た。

もし……と仮定してみる。

もし、ラインが番に惹かれていなかったら？

もし、俺を想ってくれているままだとしたら？

当時のラインは、俺になんと言っていた？

「最低だ……」

俺はその言葉を一切聞いていなかった。ただ、ラインの幸せを願うことと、傷ついた自分の心を落ち着かせることに精いっぱいでその他の可能性なんて考えていなかった。

おまけに、ここ数日の自分を思い返してみる。

いい雰囲気になったと勝手に盛り上がって、俺はラインに言った。

『身代わりでいい』

『あの男を愛したままでいい』

頭を抱えて蹲る。

そりゃあ、殴られるはずだ。もげろ、なんて言われても仕方ない。

今すぐ追いかけてラインに土下座したいが……果たしてその権利を俺は持っているだろうか。

いや、だが……。

『お前を愛する心など、とうの昔に欠けてしまった。もう元どおりにはならない！』

ラインの叫びを思い出す。

心が欠けた、と言った。そうだとすれば、俺を愛する心がなくなったわけじゃない。

俺をまったく愛していないというなら、ラインがあそこまで怒ることはないはずだ。それに、キスをすることも触れることも……少しも心がない相手に許すラインじゃない。

「え？　将軍？」

ザウザが声を上げたのは俺が獣化したからだ。

「俺はこれからただの虎だ」

「なに言ってるんですか！」

とりあえず、ラインが冷静になるまでの間くらいは虎の姿のままで誤魔化そう。そうして少し落ち着いたら……まだきっと謝る機会くらいはある、はず……と信じたい。

「ラインは……」

「散歩してくると」

「は？　この夜中にか！」

せいぜいがこの宿の中庭にでも行ったのだろうと思っていたが、外に出てしまったのか。いくらラインの腕が立つといってもここはデルバイアだ。獣人にとって、人間は弱者でしかない。ラインは時々、自分の外見のよさを忘れることがある。商売や取引には利用しているのに、自分の身を狙う者はいないと思っているふしがある。

「心配なんで、ふたりほどあとをつけさせました。大丈夫ですよ」

その言葉にほっとする。

「ライン様と将軍って、なにかあったんですか？」

「ああ。ラインは俺の……」

そう言いかけたところで表がばたばたと騒がしくなった。駆け込んでくる足音に嫌な予感を覚える。

「ロ、ロアール様とライン様がっ……！　何者かに攫われましたっ……！」

慌ただしく扉を開けたあとに続いた言葉に俺は宿を飛び出した。

＊

宿の前の広場で、私は再び噴水の前に腰をおろす。今日だけで二度目。噴水を流れる水が少しだけ心を慰めてくれる気がする。

「みっともないな」

まるで信じてくれと叫んだみたいだ。あんな感情的になって……。心は欠けたと言いながら、未練があるのが丸わかりじゃないか。

ここが川なら、頭を冷やすために飛び込んだかもしれない。さすがに街中の噴水でそれはできないけれど。

ザウザたちにも迷惑をかけた。今もザウザと一緒にいた兵士が広場の隅でこちらの様子を窺っているのがわかる。距離を取ってくれていることがありがたい。

ゆっくりと目を閉じて、これからのことを考える。ガスタはきっと私に謝ってくるだろう。俺が悪かった、愛していると。

私はそれに答えられるだろうか……。

そう考えて首を振る。

あれから時間は経ちすぎた。それに……。

番であった男のことを思い浮かべる。

見た目は私より年上でも、たった十歳だった彼。病の床で、それでも誠心誠意私に愛を伝えてくれた。

番というのは残酷だ。

ガスタへの気持ちは消えていないのに、彼が亡くなったとき、私は心が切り裂かれたような気がした。それを裏切りだと言われれば否定はできなくて、私はもうガスタを探すことはできないと思った。

心が欠けた、と感じた。私の心は完全ではなくなったと。

ガスタが信じてくれなかったこと……番だという彼を失ったこと……。そんな大きな出来事に耐え切れずにほろりと崩れてしまった。

何度も取り戻せないかと……他の誰かを愛せないかと思ったが無理だった。

冒険に出る気にもなれなくて小さな国で商売を始めた。幸い、姉が名の知れた薬師であったため仕入れた薬草や薬は質がいいと評判になり、そこからいろいろなものを扱うことができた。

姉が甥っ子を私に預けると言ったときに断らなかったのは、なにも、あのがさつな姉に育てられる甥っ子に同情したからだけではない。商売のきっかけをくれた恩返しと、心の空洞を埋めるために私には必要だったのだ。

ロイが笑う。普通に学校に通って友達を作り、成長していく。その姿を彼に重ねて……私はやっと正気を保っていたように思う。

「……今更、だ」

ゆっくり、噴水に手を入れる。

水の冷たさが、私の頭を冷静にしてくれるような気がした。

「ラインおじさん」

甲高い声が聞こえて、顔を上げる。ここで白い塊がぶつかってくるのも二度目だ。

「ロアール！」

相変わらず、やんちゃな子だ。

「窓から見えたから、出てきちゃった」

窓……。宿を振り返ると、確かにロアールが寝ていたはずの部屋の窓が開いて、カーテンがはためいている。そこから抜け出してきたようだ。獣人の身体能力は高いが、こんな小さい子があの高さから飛び降りて平気とは。これでは本当に周囲は手を焼いているだろうなと思う。

私の様子を窺っていた兵士が慌ててこちらへ走ってくるのが見えた。

さすがに王子がこんな夜中に街の広場にいるのは好ましくない。

「出てきちゃダメだろう。さあ、戻るぞ」

「えー」

ロアールが不満げな声を上げるから、その小さな体を抱える。体が持ち上がると自然にしっぽが揺れていた。抱き上げられるのが好きなようだ。

「心配をかけるだろう？　それに明日は出発しないと……」

バサリ、と鳥の羽ばたきのような音が聞こえたのはそのとき。

　ロアールについていた兵士は全員鳥族だというから、様子を窺ってくれていたふたりのうちのどちらかだろうかと顔を上げて……、目の前に迫る闇に息を呑んだ。

「……っ！」

　思わず、腕で顔を覆う。

　巻き起こる風が、噴水の水を波立たせる。

「あっ」

　腕に痛みが走ったと同時に、ふわりと体が宙に浮いた。腕を摑んで私を持ち上げたのは……茶色の大きな鳥だ。

「なんっ……」

　あっという間に広場が遠ざかる。その速度に驚いて声を失う。咄嗟にロアールを落とそうと思った。あの宿の二階から脱出できたのだから、大丈夫。

けれど、私の思いに反してロアールがしっかりとしがみついてきた。剝がそうとしてもなおさら手に力を入れて、離れようとしない。

　その間にもどんどん上昇していき、気づけば宿の屋根がはるか下になった。ロアールを落とすには、もう遅い。さすがにこの高さで石畳にぶつけられれば無事では済まないと懐にぎゅっと抱え込んだ。

　これはきっと普通の鳥ではない。獣人だろう。そして……。

自分を摑んで羽ばたく姿に目をやって、ああそうかと納得する。

「手荒な招待ですね」

声をかけると羽ばたきが大きくなった。よく見ると私を摑んでいる爪には布が巻きつけてある。傷を与えないように気を配ってくれたのだろう。

この鳥は、梟。

私の知る梟よりは随分大きいけれど、あの丸い目と嘴は見たことがある。そうしてそれは私の番であった子の種族だった。

「すみません、急に連れてきてしまって」

降ろされたのは、大きな屋敷の庭だった。芝生の広場、奥の小さな森と小川。もう十年以上も前のことなのに、この光景はなにも変わっていない。

デルバイアの王都からは三日ほどの距離にある、番だったあの子の一族の領地。

謝ってくれたのは私を運んだ梟だ。彼は地面に降り立つと、ふわりと人に姿を変えた。それはまだ若い青年の姿。茶色の髪に、金色の瞳。記憶の中のあの子によく似ていた。

「覚えてますか？　弟のハーミルです」

そう言われて、彼の横にいた小さな子を思い出す。最初は年の離れた兄弟なのだと思っていたけれど、ふたつほどしか年が変わらないと聞いて驚いた。

「ああ、覚えている」

この庭も、その先にある白い屋敷も。

デルバー子爵家。

ガスタが去ってから一年ほど、私はここで暮らした。番のあの子が、慌ただしく人生を駆けていくのを見送った。その日々は表面上は穏やかであったけれど、涙を……叫びをずっと耐えた日々だった。

「おじさんの知り合い？」

懐深くに抱いていたロアールがひょこりと顔を出すと、ハーミルが目を丸くした。

「これは……すみません、あなたひとりとばかり」

「いいの。夜のお空、楽しかった！　夜はねえ、誰も飛んでくれないもん」

確かに他の鳥では夜は危険だろう。

「犬族の子ですか？　可愛らしい」

「犬じゃないもん！　狼だもん！」

「そうですか。お……」

狼、と言いかけた言葉が止まりハーミルの顔がみるみる青ざめる。

「ちょっと、待ってください。狼？　狼、ですか？」

「……この子を知っているのか？」

「そうだとは思いたくないのですが……。白い毛の狼で、私でも感じられるほどの魔力となれば最近話題になってらっしゃる方がいらして」

ハーミルは大きく空を仰ぐ。しばらくそうしていたが、やがて大きく息を吐くと、しっかりとこちらを見据えた。

「聞きません。聞かないことにします。とりあえず、中へどうぞ」

「その前に、この強引な招待の理由をお聞きしても？」

私から離れようとしたロアールをしっかりと抱きしめる。いくらハーミルが穏やかに話しているからと言って、普通ではない方法で招待を受けたのだ。

「すみません。母がどうしてもあなたを連れてこいと」

母、という言葉に甲高い声を思い出した。

『どうして！　あなたはあの子の番でしょうっ！　どうして愛を返してあげないの』

会えば常に責められていた。番は愛し合うものなのにと。

嘘でいいからあの子に愛を告げてやってくれと泣かれたこともあった。けれど私はそれさえできなかったのだ。

「私に、なにか……」

恨みはあるだろう。言いたいこともたくさんあるに違いない。昔のことだと言っても、子を失った母親に時間は救いになるのだろうか？

「ご迷惑はおかけしません……とは言っても、この状況じゃあ信憑性もないですね。どうしましょうか」

肩を竦めるハーミルは確かに無理強いしようという姿勢ではない。

「……この子に、危険は？」

「もちろん、髪の毛ほどもありませんよ」

どちらにしろ逃げることのできない招待だ。

さあ、ともう一度促されて私は覚悟を決めた。

応接室では、私より少し若く見える女性がソファに腰をおろしていた。きっちりと結い上げられた茶色の髪に意思の強そうな黒い瞳。

あのころと、少しも変わらない姿だ。私より年上であるはずの彼女は、当時の姿のまま黒い瞳を細めて私を見つめていた。

「お久しぶりです」

挨拶をしようとすると、閉じた扇子で向かいの席をさされた。座れということだろう。

ロアールが先に私の腕から飛び降りてソファに鎮座する。予想外の客に彼女が少し目を丸くしたのが見えた。

「すみません、一緒にいたところにご招待を受けたもので」

そう答えると、あとから入ってきたハーミルに視線を送る。ハーミルが大げさに肩を竦めたのを見て扇子を広げて溜息をついた。

「申し訳ありません。だって明日には王都へ向けて旅立ってしまうのでしょう？　こちらへご招待するには日がないと焦っておりましたの」

しとやかに答えるが、誘拐同然の招待だ。よほど私に言いたいことがあるに違いない。私は彼女の息子の番でありながら、その愛に応えなかったひどい男なのだから。

侍女がお茶を用意する音だけが妙に響く。

その沈黙にロアールが小さくあくびをしたのが見えた。もう夜も遅い。幼いロアールが眠くなってしまうのも仕方なかった。眠っていいよというかわりに頭を撫でてやると、もう一度あくびをしてソファの上に丸くなった。

「……お墓参りにくらい来ていただけると思ってましたのに、まったく当家に来てくださらないから」

耳が痛い。

確かに墓参りくらいはと何度も思った。だが、どうしても足が向かなかった。おそらく、そのために私にいつでもデルバイアに入国できる通行証をくれたのに。

「墓参りに来たら『今更ノコノコやってきて』って、怒鳴りつけてやろうと思ってましたの」

ひくりと顔が引きつった。

この方は当時からきつい性格だった。

「でも、あなたはいらっしゃらなかった。まだ、息子が亡くなったときの傷を持っててくださっているのね。安心したわ」

にこりと笑って彼女は優雅にお茶を飲む。

「……もういいわ、なんて言えないの。私、心が狭くてね。番でありながら最後まであの子を愛さなかったあなたが憎くて仕方ない」

「申し訳ありません」

憎いとは当時もよく言われていた。まっすぐな人だ。自分の感情に正直で、その眩しさにどうしても悪い感情は抱けなかった。それに憎い憎いと言いながら声に憎しみを感じない。どこか旧知を懐かしむような響きも含まれているようだ。

「あの子はあなたを愛していた。ご存じ？　番に引きずられずに愛を貫くことができるあなたが自慢だって、何度も私に言ってましたの」

え、と目を見開く。

「あの子は天使よ。神に愛されただけあるわ。自分に愛を向けない番を最後まで愛した」

彼女は誇らしげに息子を語る。彼女の中では昨日のことのように感じているのかもしれない。

「ところで、あなた」

「はい」

「どうしてガスタ・レスター様と結婚していないの？」

そう聞かれて飲もうとしていたお茶が気管に入るところだった。ごほごほとむせて、なんとかカップをソーサーの上に置く。

「あの子がいなくなったあと、ガスタ様が戻ってこられたと聞いてあなたと一緒だと思ったわ。けれどあの方おひとりで、あなたの気配はそこにない。死んだのかと思っちゃったじゃない」

「いや、あの……」

「番は相手を失うと、あとを追うように死ぬこともある。あの子があれだけそうならないように気を使ってたのに、あなたが死んでしまっていたらどうしようって思ったの。ちゃんと生きててよかったわ」

ようは心配してくれていたのだろうか。

それにガスタとのことを聞いてくるのも予想外だった。彼女はきっとそうなることを許さないと思っていたから。

「あなた、自分の気持ちを貫いたのではなかったの？　もうガスタ様を愛してないの？」

矢継ぎ早に繰り出される質問に私はうろうろと視線を彷徨わせる。

その様子に彼女は大きく溜息をついた。

「がっかりだわ。番の愛をも超える、世紀の大恋愛だと思ってましたのに」

その言葉にどっと疲れが襲う。確かに私はガスタを愛しているからと番の愛を受け入れなかった。だからといってそれが物語のように綺麗なものであるかと言われればそうではない。番の存在に心は揺れたし、自分を守るのに必死だった。

もし彼女の言うようにまっすぐな愛だったら、ガスタが姿を消したときに迷うことなく追いかけていたはずだ。

「私は、ガスタを追えませんでしたから」

どうにかそれだけを口にすると、彼女は少し片眉を上げた。

「そうね。あなたは姿を消したあの方を追いかけなかった。けれどそれはあの子が倒れたからでしょう?」

言い訳するならば、そのとおりだ。私の番だというあの子が倒れて、特別な病だと知って置いていけなかった。ちょうど倒れたあたりで彼の時計はさらに速度を上げた。日に日に老いていく体を目にして……それでも私に愛を願うあの子を振り払えなかった。

「あの子は嬉しいと泣いたわ。そして悲しいと泣いた。あの子の人生は短かったけれど、一生で感じるすべての感情を受け取ることができた。愛しさも、嫉妬も、恋愛も失恋も……悲しみも、温かさも全部あなたがあの子に与えたの。母親では無理だったわ。あの子の人生は駆け抜けるように早かったけれど、濃いものだった」

ふと遠くを見る瞳の先にはきっと未だに鮮明に彼の姿があるのだろう。

「……あのとき、あなたはなんて残酷な人だろうって思っていたわ。十歳の子が、死の淵で愛してるって言ってるのに、同じ言葉を返さないだなんて」

ああ、そのとおりだ。

私はひどい人間だった。

嘘でよかったのだ。彼が生きている間の、まやかしでよかった。それなのに私は自分の心を守ることに必死で、その言葉を紡いでやれなかった。

「けれどそれがあの子の人生を彩った」

その言葉にはっとして彼女を見る。けれど彼女は言葉と同時に扇子を開いて顔を隠してしまった。その表情ははっきりと窺えない。

「意外そうな顔をしないでよね」

心を読んだかのようなタイミングで言われて顔が引きつる。彼女は感情で動く人だが決して頭が悪いわけじゃない。

「あなたは憎いけど、不幸にならなくてもいいわ。あの子に愛を与えてほしかったけど……それでも幸せはあったもの」

横を向いたままの顔が少しだけ照れているような気がして頬が緩む。

番だったあの子はとても魅力的な子だった。その母が、悪い人のはずはない。

「それで？」

尋ねられて首を傾げると、彼女は器用に片方の眉を上げた。

「あの子がいなくなってから追わなかったのは何故？」

「……」

心がどうしようもなく悲鳴を上げていたからだ。

信じてくれなかったガスタを追いかけたところでまた同じように愛せるか……それが自分でもわからなかった。

「ガスタ様が将軍職に就いたことくらい、あなたのもとにも伝わっていたでしょう？代々将軍を輩出している家系とはいえ、お父様を飛ばしての拝命でしたもの。竜殺しの若き虎将軍といえば物語だって作られているわ」

「今更、ですよ」

無理矢理口角を上げて笑みを作ると彼女は鼻で笑う。

「そんな気持ち悪い表情、やめてくれる？」

作り笑いはお気に召さないようだ。

「それで？」

「……それで、とは？」

「今更って言葉でこの十数年を過ごしておいて、今、ガスタ様と一緒にいる理由を聞いているの」

甥っ子が結婚するのだ、とか。

ガスタが虎になってしまって困っていたのだ、とか。

私はいくつか頭の中で理由を並べて、大きく首を振る。

「そうですね。ただ一緒に……」

——そばにいたかった。

ガスタの声を聞いていたかった。つきつめれば、それだけの話だ。

欠けた心で昔と同じように熱く愛を抱くことはできないだろう。けれどそういう関係でなくてもいいと……だから、私は……。

「面倒な男ね、あなた」

言われなくてもわかっている。

私が素直な性格ならば、ガスタの前で辛かったのだと泣いて……ガスタの胸に飛び込んでいただろう。

「これからしばらくデルバイアに滞在なさるのでしょう？　私からどうしても伝えたかったのは……」

ふと言葉を途切らせて彼女は視線を彷徨わせた。

「いいえ、だめね。やっぱり幸せになってほしいなんて言えないわ。あなたがガスタ様と上手くいってないって知って、ざまあみろって思っちゃったもの……」

「母上！」

　部屋の隅に控えていたハーミルが思わずといった様子で駆け寄ってくる。

「ラインさんを解放してあげなきゃってあれほど言っていたではないですか！　だから無理にお越しいただいたのに……！」

「仕方ないじゃない！　顔を見たらムカついてきたんだもの！」

　ぴしっと指さされて、思わず微妙な顔をしてしまう。こんな場面なのに笑ってしまいそうになるのは、彼女の素直さがあまりに眩しいからだ。

「不幸になれなんて思わないけど、幸せにもならなくっていいと思ってる。けれどあの子は違うの。あの子は最後まであなたが番に捉われずに生きることを望んでいた。だから仕方なく……っ、本当に仕方なく言ってあげるわ！」

　ふるふると震えながら、彼女は大きく息を吸う。

「もう、あの子のことは忘れなさい。あなたは、自分の幸せだけを考えなさい」

　芝居じみた言い回しだった。

　そのぶん、その台詞を言うために彼女の抱えた葛藤（かっとう）が伝わってきて息を呑む。

「生きてるじゃない。あなたも、ガスタ様も。感謝なさいな。私の子だけに愛をささげた神に」

立ち上がる彼女になにも言えなかった。『生きている』という彼女の理論は乱暴だけど、誰も反論できない最終兵器のようなものだ。

「墓参りには来なさい。せいぜい『今更ノコノコやってきて！』って罵ってやりますから」

静かにドレスの裾を翻して部屋を出ていく彼女は……、やはり素敵な人だと思う。まっすぐに自分の感情を伝えることができる人だ。

「すみません、自由な人なので……」

ぱたんと扉が閉まったあと、ハーミルが大げさに肩を竦める。

「いえ。相変わらず、眩しい方です」

きっとこのハーミルもご主人も彼女には振り回されているんだろうと思う。

「あなたが紋章を使って入国されたことを知って、すぐに連れてこいと聞かなくて……。ガスタ将軍と一緒にならないことも、独身を貫いてらっしゃることもずっと気にしていたのです」

言葉は足りない。態度も冷たい。けれど、ちょっとした仕草を見ているとこちらを気遣っていることがわかる。そんな人だ。

「それはご心配をおかけしました」

「フィンツでは、ご一緒されているのが鳥の一族の方が多かったでしょう？　明日にでも王都へ飛ばれるのかと……そうなれば、またお会いする機会もなくなるので無理にご招待して申し訳ありません」

「それだけですか？」

ずっと疑問に思っていたことを口にする。

焦っていたからと、それだけの理由で無理矢理連れてくる必要はない。来てくださいと頼まれれば私は断らなかっただろう。話をする間もなかったというわけでもない。

「すみません。ちょっと意趣返しをしたかったんです」

ハーミルは苦笑いを浮かべて、向かいのソファに腰をおろした。

「ちょっとくらい、困ればいいと思った。ずっと貴方の心を縛っておきながら、貴方を手に入れようとしないガスタ将軍に……母の言葉を借りるならムカついてました」

控えていた侍女が新しい紅茶をハーミルの前に差し出す。それを手にしながら、彼はなんでもないことのように続けた。

「知ってましたか？　私の初恋はあなたなんです」

予想外のことを言われて目をぱちぱちと瞬く。

「あなたにいろいろいたずらをしたのを覚えてますか？」

「ええ」

確かに当時、ハーミルには小さないたずらをたくさんされた。物を隠されたり、紅茶に入れる砂糖と塩を入れ替えられたり、食卓にフォークとフォークを用意されたり。そのいたずらはどれも微笑ましくて、追い詰められるような厳しい毎日の中でちょっとした救いになっていた。

「当時は番がいながら他の男に惑わされているあなたを懲らしめるためだなんて言っていたんですが……まあ、ぶっちゃけ好きな子をいじめたくなるあれですよ」

柔らかく微笑む彼に動揺する。そんなこと、まったく気づいていなかった。

「大好きだった兄が亡くなって、あなたもいなくなって……取り残された私がどれだけ寂しかったかわかりますか？」

「……っ、すみません」

「仕方がないので、すぐに一族の中で一番可愛い子と婚約しました」

「は？」

「私はこれでも次期当主なので選びほうだいです。今は婚約者と順調に愛をはぐくんでいます」

ふっと私が肩の力を抜いたのを見て、ハーミルはおかしそうに笑う。

「まあ、幼いころの初恋なんてそんなものです。けれど、あなたがあれだけ抗って貫いた気持ちを台無しにするガスタ将軍はずっと嫌いでした。将軍からあなたを奪っていくと考えただけで、わくわくしました。無理矢理攫ったのは……あのときと同じ、いたずら心です」

優しげな顔をしていながら、確かにハーミルは彼女の息子なのだなと思う。いや、獣人自体が自由な性質の者が多いのかもしれない。

「ガスタ将軍、鬼気迫る形相でこちらへ向かっているそうです。どうせですから、一緒にその余裕のなさを笑ってやりませんか？」

いや、さすがにそこまでできないなと顔が引きつった。

＊

「すっ、すみません！　東のほうへ飛び去ったのは確認したんですが、追いつけませんでした」

追いつけない？

ラインについていたふたりのうち、ひとりは宿へ報告に走り、もうひとりは飛び去った相手を追ったはずだった。追った者の種族は鷹。いくら夜目がきかないとはいえ、獣人だ。まったく見えなくなるわけではない。それが追いつけない種族となると限られてくる。

東方面。鷹でも追いつけない種族。いや、夜に機敏な種族かもしれない。

「……梟、か？」

その方面にある領地を治める一族を思い出した。確か、この近くだったはずだ。

「はい、確かにそう見えました」

返ってくる答えにやはりそうかと息を吐く。

ラインの番であった男。それが、梟の一族だった。

きっとフィンツに入ったときに使った通行証のせいだ。

使用すると報告が行くようにしてあれば……ラインがデルバイアに入国したことを知るのはたやすい。あれは自由が利く通行証だが、いくつかの魔法が仕掛けてある。例えば資格を持たない者が手にすれば紋章が消えてしまったり、位置が正確にわかったりだ。

番であった男の一族の領地はここから近い。王都へ向かう道からは逸れるが、馬で半日とかからない距離だ。鳥族の者が飛べばもっと早くに着くだろう。

ラインが紋章を使ってからの時間を考えれば、じゅうぶん領地から飛んでくることができる。

「ひとまず、俺はデルバー子爵の領地へ向かう」

王都への伝令に、ひとり。

ここでの待機人員をふたり。フィンツの領主への助力と、ふたりを攫った相手が梟の……デルバー子爵家以外である可能性を探るように指示を出した。そうだと確信していても、万が一ということはある。とりこぼしがあってはいけない。

最後に残ったふたりに獣化するように告げて走り出す。

もうこんな夜中だ。フィンツの領主が動いてくれるのには時間がかかる。戦時でもない今、地方で兵を動かすのは容易じゃない。俺たちが向こうへ着いて……加勢が来るのに四、五時間はかかるかもしれない。

夜は梟の一族に有利だ。万全を期すならば明け方を待ったほうがいいだろう。

行動は隠密に……そう、思うのに。

「ライン」

冷静になれる自信がなかった。

俺が真っ先に考えるべきはロアールの無事なのに、ラインが危険に晒されていると思うだけで体が震える。どうせラインを助けに行けばロアールはいるのだから、頭の中でくらいラインを優先してもいいじゃないか。

こんな雑な考えでは、またラインに怒られるなと思う。

「先ほどからこちらを窺う気配が……」

「いい、ほうっておけ」

俺の背でザウザが告げるが、今は急ぐ。攻撃さえ仕掛けてこなければいい。

走っている間にいろいろと邪魔な考えが消えていく。

ラインに許しを得る権利とか、俺がしてしまったひどいこととか、考えなければならないのに必死に走っている間に感情がただひとつだけに絞られる。

愛してる。

ただ、ラインを愛してる。

それだけだ。俺がラインに差し出せるのはそれだけなんだ。

身勝手だと怒られるのだろう。

ひどい男だとまた殴られるかもしれない。

けれどラインが呆れるくらい、ずっと謝って愛を囁いて……許してくれなくても、今度こそ離れない。

「あ」

声が上がったのは、いつの間にか俺たちに並走するように飛ぶ鳥がいたからだ。

「梟！」

ザウザが声を上げる。隠れる気はないらしい。

見せつけるように並走して、しばらくすると姿を消した。

「今のは……？」

彼らの爪は鋭いものだが、好戦的な一族ではない。攫った理由はわからないが、こちらへ姿を見せることで敵意がないということを示したのかもしれない。

だが、まだ油断はできない。

「ライン……」

無事でいてくれとただ願い、俺は必死で駆けた。

屋敷へ着くと、夜中だというのに門が開け放ってあった。

玄関へと続く通路にも煌々とかがり火が焚いてあり、まるでこちらの訪問を待っていたかのようだ。

いや、実際、待っていたのだろう。

だとすれば、獣化を解いて堂々と正面から訪問すればいい。そう思うのに、はやる気持ちがそのまま歩を進めさせる。

三人で兵士のいない門をくぐった。その向こうにある玄関に、初老の男性が立っているのが見える。武器の類いは持っていない。黒の燕尾服に白いタイ……執事だろうか。

「ようこそいらっしゃいました」

彼は丁寧に頭を下げて、ゆっくりと扉を開く。

無礼だとはわかっていたが、そのまま屋敷の中へ飛び込んだ。

「ライン！」

匂いを辿って、屋敷内を走った。行き着いたのは応接室と思われる部屋。取り次ぎの使用人を無視して扉へ体当たりする。

大きな音を立てて開いた扉の向こうで、ラインがソファから立ち上がったのが見えた。

その横に白い狼の子が寝ているのを確認して背に摑まっていたふたりが羽ばたいていく。

「早かったですね」

そう告げた男。

ラインと俺の間に立ちはだかった男を見て、俺は動けなくなった。

「……どうして……」

死んだはずの男だ。

ずっと昔に死んだはずの、ラインの番。

「今、ラインさんに結婚を申し込みました」

頭の中が真っ赤に染まる。

もういないと思っていた。ラインの番はもういないから、俺が……違う！　ラインに番がいても、俺は諦めてはいけなかったのだとそう気づいたばかりじゃないか。

「ラインは、渡さない」

「ラインさんは私といるほうが幸せですよ？」

「違う。俺が！　俺が、ラインを幸せにするんだ！」

言葉とともに床を蹴った。

あのときもこうしたかった。ラインの幸せを願って身を引くなんて馬鹿な真似をしなければよかった。だいたい、俺にそんな真似は似合わない。

男が一瞬で梟に姿を変えて飛び立つ。着地と同時にもう一度地面を蹴ろうとして……俺は体を後ろに引っ張られた。

「……ライン」

ラインが、俺のしっぽを握っている。

「やめろ。恥ずかしい」

「だが、あいつは……」

「あれは、彼の弟だ。からかっているだけだ」

「そうなってもいいとは思っていますけどね」

梟がゆっくりと降りてきて、人に変わる。

その顔をじっと眺めた。確かに、番の男より若い。それに少し違う気がする。

「ハーミルと申します。ラインさんは私の初恋でしたので、幸せになってほしいんですよ」

番の男では、ない。

ようやく納得して力が抜ける。

弟……弟か。いや待て。ラインが初恋だと言ったか？

「それなら俺だってラインが初恋だ」

堂々と言い放つとラインがしっぽを引っ張った。ハーミルは肩を揺らして笑っている。

「お前は、他に心配することがあるだろう！」

「ライン、怪我はないかっ？」

「違う！」

ラインにソファを指さされて、ようやくそこで健やかな寝息を立てているロアールに気づく。いいじゃないか。ロアールはまっ先にふたりが保護しに行ったし、俺はラインのことだけ考えても。

だいたい、ロアールは力が強いわりに気配を殺すほどの技術はないのだ。怪我をしていれば見なくても纏う気が乱れてすぐにわかる。心配しなかったわけじゃない。ちゃんと無事が確認できたから、全力でラインにとりかかることにしたんだ。

「ライン」

獣化を解いて人に戻る。近づくと、ラインが後退した。

逃げようとするラインの腕を掴む。引き寄せると、簡単に腕の中にラインの体があった。

そう、こんなに簡単だったんだ。ラインに手を伸ばすのは。

「愛してる」

「ふざけてるのか！」

ふざけているわけはない。もう離したくないだけだ。

「あのお……」

そのとき、聞こえた小さな声にはっとしたラインが俺の足を踏んだ。それくらいでは離れたくないが仕方なく腕の力を緩める。

声は空気を読まないザウザのもの。

「ええっと……、いろんな事情があるようですが、とりあえず方々に連絡しませんと」

ハーミルが腹を抱えて笑い始め、ラインはもう一度俺の足を踏んだ。

＊

私たちがデルバイアの王都に着いたのはそれから二日後のことだった。

あれからガスタの書簡を持った梟たちが飛んでくれて、いろいろ収まったようだ。ハーミルの屋敷に一泊した翌朝にはフィンツの街にいたガスタの部下たちも合流してのんびりと王都を目指す……予定が、急に母が恋しいと泣き出したロアールに大人たちは旅路を急いだ。

わがままにつき合ったのではない。このままではロアールがまた魔法を使ってとんでもないことをしてしまうのではという危惧からだ。結婚式も近いこの時期に、これ以上の騒動は起こさないようにという暗黙の了解があった。

王都に着く、という寸前ついに耐え切れなくなったロアールがひとりで走り出し、一番近くにいたガスタが追うことになり、他の兵士もあとに続いた。私に付き添う形でザウザが残り、ふたりでのんびりと王都の門をくぐることになった。

「ライン様はこちらにいらしたことがあるんですか?」

旅の間に随分親しくなったザウザの問いに一年ほど住んでいたことを告げると驚かれた。

「珍しいですねえ。デルバイアに一年も滞在するのには許可が面倒なんですよ」

人間はかつて獣人と争ったことがある。それは遠い過去だが、未だにデルバイアが国を開かないのはその過去がとてつもなく苦いものだからだろう。

獣人はあれだけの力を持ちながら平和を好む。

人間の欲望がなんたるかを知る彼らは、人間との関わりを少なくすることで争いを避けるようになった。婚姻する場合を除いて、人間が長くこの国にいるのは難しい。

王都の城壁をくぐるとまっすぐに王城へ向けての大通りだ。広さも長さも圧倒される。フィンツの街では道が蛇行して作ってあり、敵の侵入を防いでいたがこの街では碁盤の目のように道が作ってある。防御に弱いのではないかと聞いた私にザウザが教えてくれたのは、大通りのいたるところにあるアーチ形の門だった。

門といっても閉じる扉があるわけではない。言ってみれば枠だけの存在で、常時であれば等間隔に作ってあるそれはただの装飾のように感じる。だが、万が一のときには破壊して道を防ぐのだという。かつては街の装飾だろうと思って気にも留めていなかった。そんな役割があるとは。

一度も使われたことはないらしいが、これだけの広さの街ですべての門が破壊されれば迷路のように入り組んだものになるだろう。そして崩れ落ちた瓦礫は……人間にとっては障害であっても獣人にとってはそうではない。個々に攻められ、敗走する姿が目に浮かぶ。

「王族にしか扱えない魔法が仕掛けてあるらしいです。少しの魔力で一気に崩せます」

笑いながら説明してくれるが、これだけのものを作れる国。そしてその頂点に立つ男の妻になるというロイが心配でならない。

やっと読むことができた手紙からは幸せな空気しか感じないが、あのロイで本当に大丈夫なのだろうか。

「そんな国防に関わることを話して大丈夫なのか？」

そう聞くと噴き出された。

「この街では小さい子供だって知ってることです。みんな王様が街を守ってくれるって信じてます。デルバイアはいい国ですよ。ロイ様も幸せになれます」

そういえば、と周囲を見渡す。

街に入ったときから感じるのは少し浮き立ったようなふわふわした感覚だ。道端の花もやけに多く、人々が活気に溢れている。

「婚姻が近くなってもうすでにお祭りモードに入ってる人もいます。ロイ様の姿絵も人気なんですよ」

ロイの姿絵が出回っているのか！

「……」

そうか。そうだよな。王妃になるのだ。その姿絵も出てくるだろう。

可愛い甥っ子が急に遠い存在になったような気がして視線が揺らぐ。帰国するまでにはいくつか買って帰ろう。近所の人に見せれば驚くに違いない。

「さあ、着きました！」

目の前には見上げるほどの大きな門。

その奥にそびえたつ城にごくりと唾を飲み込んだ。

「大きさだけですよ。やっぱり人間の国に行くと装飾の技術はどうにもならないって思いますけどねえ」

ザウザに案内されながら城の内部を進む。通路ですら天井が見上げるほど高い。装飾がどうこうというが、人間の国でも王城など訪れたことがない私には荘厳な造りのように思えた。

いくつかの門をくぐり、奥へと進む。

城の造りに詳しいわけではないが、ここまで奥へ来るともう王族の生活に使っているような場所に近いのではないだろうかと思い始めたころ、通路の奥から走ってくる白い塊が見えた。

ああ、あれは……。

確認するより早く辿り着いた塊は地面を蹴って私に飛びついてくる。その空中で姿が人に変わり驚いたが、上手く受け止めた。

「ラインおじさん！　いらっしゃい！」

「お出迎えありがとうございます。ロアール殿下」

「だめだよ、おじさん！　むずかしい言葉を使う人の前ではちゃんとしなきゃいけないんだ。困るからやめて」

難しい言葉、とは敬語のことだろうか。だが、意表をついた初対面のときならともかく、一国の王子相手に気安く話せるものではない。

「あ。大丈夫ですよ。ここはそういうの、気にしないんで」

ザウザがさらりと言うが、とんでもなく難しい注文だ。

「とにかく、かあさまが待ってるの！　早く早く！」

私の腕からぽんと飛び降りて今度は手を繋いでくる。

ロアールの背に合わせて少し屈みながら私は王宮をさらに奥へと進んだ。

そこには広い庭園が広がっていた。芝生が敷き詰められた広い空間とその向こうに森と呼んで差し支えないほどの大きな木が見える。

手前の広場に設置された白いテーブルセットに久しぶりに見る甥っ子が座っていた。向こうもこちらへ気づいたようで。椅子から立ち上がり、走ってくる。最後に見たのが城をクビになったと落ち込んでいたときだ。あのときとは比べようがないほどの輝いた笑顔だ。

やがてロアールがそうしたように胸に飛び込んできた甥っ子はしばらく無言で私に抱きついていた。

「ロイ、結婚おめでとう」

その背をぽんぽんと叩いてやるとようやく顔を上げる。

「おじさん。こんな遠くまでありがとう」

近くで顔を見て、そこに陰りがないのを確認して改めて、ほっと胸を撫でおろす。

ロイを追ってきた王様は無事ロイを捕まえて、その番の物語は幸せな未来を迎えようとしている。

「おじさんの部屋はもう少し先なんだ。待ち切れなくて廊下で待ってたらあそこにテーブル用意してもらっちゃって。リア様も紹介したいんだけど、今はちょっとお仕事中だから夜ご飯のときになると思う」

夜ご飯か。簡単に言うが、一国の王と晩餐とは少し緊張する。まして相手は自分が水をかけた相手だ。

「不敬罪で捕まらないかな?」

「え?」

「陛下がお前を追って店に来たとき、水をかけた」

そう言うとロイが目を丸くする。この話は知らなかったらしい。

「み……水っ?」

「ああ。切羽詰まった男がすごい勢いでロイはどこかと聞いてくるから、とにかく追い返せないかと」

「水……」

「陛下は必死にお前を追ってらした。お前の気持ちに沿わないものだったらと思ったけれど、杞憂でよかった。今のお前は幸せそうだ」

「あ、ありがとう」

そう言うロイは再び「水……」と呟いている。「母さんは殴って大丈夫だったから水ぐらい……?」そう聞こえた気がするが、きっと気のせいだ。あの粗野な姉と同じような行動を取ったとは思いたくない。

「お部屋、すごいよ。早く行こうよ」

下のほうでロアールの声が聞こえる。

すごい?

少し引っかかりはしたが、早く早くとせかされて少し早足で歩き始めた。

「……」

案内されて開けられた扉に私は言葉を失う。

部屋の広さは前室もあることからある程度覚悟していた。そこに置かれている調度品もきっと一流だろう。それでは驚かないと思っていたが……目に入ってきたのは淡いピンクの花。甘い匂いが部屋中に立ち込めるほどの数だ。

そして部屋の中央に立つ男に私の目は釘(くぎ)づけになった。

黒い軍服姿のその男はゆったりとした足取りでこちらへ近づいてくる。

それから当然のように私の前に跪いた。

「ライン。結婚してくれ」

前置きもなくのたまったガスタの頭を遠慮なくはたく。

すごいと言っていたのはこれか。

ロアールが早く母に会いたいと私たちを置いていってから、そう時間が過ぎているわけではない。だが、わがままに見えたその行動も、ザウザがことさらゆっくり王都を案内しながら城に向かったのも、この時間を稼ぐことが目的だったのだろう。

たくさんの花に囲まれ、大国の将軍が跪いて愛を乞う。物語の一場面のようだが、そんなものに惑わされたりしない。

「だめか」

「当たり前だ」

しぶしぶ立ち上がるガスタはそれでもめげた様子はない。

「このためにロイたちは姿を消したんだな？」

あれだけ私に会うのを楽しみにしてくれていたのに、お茶の一杯でも飲まないのかと不思議だったのだ。

「ああ。ゆっくり話す場が欲しくて」

「別に話すことなんてないだろう」

そう言う私にガスタは手を伸ばす。その手を取りはしないけれど。

「ライン。この国にいるのは辛いか？」

「……わからない」

もっと心は悲鳴を上げるかと思っていたが、まだ実感が湧かないのかもしれない。

「お前が辛いと言ったら、抱えて逃げようと思っていた」

ふと頬が緩む。

こいつは懲りずにまたあのとき欲しかった言葉を言う。

遅い。もう、遅すぎるのだ。

「なあ、ライン。俺はまだずっとお前を愛してる。何度でも言うよ。お前がまた俺を愛してくれるまで」

ガスタはやはりわかっていない。

「ガスタ」

「うん」

「無理だよ、ガスタ。私の心は欠けてしまった。もう、前のように誰かを愛することはできない」

私の愛はなくなったわけじゃない。

ずっとガスタとともにある。ただ痛みに耐えられずに、少し欠けてしまった。もう完全な形じゃない。

「……ちょっと、いいか?」

再びガスタが手を差し出す。無視していると、無理矢理手を掴まれて部屋の外へ連れ出されてしまった。

　ガスタが連れてきたのは、大広間だ。

　きっと舞踏会はここで行われる。高い天井にはいくつものシャンデリアが輝き、部屋の両脇には数々の彫刻があった。

　ガスタが足を止めたのは、その中でもひときわ目立つ彫刻の前だ。

　少女が水を汲むところを模したのだろう。小さな瓶を小脇に抱えてうつむくその姿は少女の清廉さと、女性としての顔とを兼ね備えた魅力的なものだ。

　流れるような髪のひとすじまで表現された細かな細工に目を奪われて……けれどふと違和感を覚えた。じっと彫刻を見つめるが、その正体がわからない。

「細かい仕事だと思うだろう？　けどここを見ろよ」

　ガスタが指さす、少女の手に視線を送って……思わず声を上げそうになった。違和感の正体がそこにはある。

「両方、右手なんだ。笑っちゃうだろう。これだけ繊細に作ってるのに両方右手だ」

　ガスタが肩を揺らして笑う。

　もしこれがシャウゼの王宮であったら……と思う。不完全なものを置いた業者は責められ、そこにあったこの彫像は恥とされるだろう。だが、デルバイアではそれを笑って済ませるのか。

「間違いなのに飾り続けるんだな」

「だが、すごくいい表情してるだろう。それに両方右手が面白くて人気なんだ。この広間にも小難しい名前がついてるが、大抵は『少女の間』って呼んでるな。この大広間の主役だよ」

「作家が意図して両方右手なのか？」

完璧なものに齟齬を加えることで愛されるものに……そんな深い計算のもとに作られたのかもしれないと思ってのことだったが、ガスタがあっさり否定する。

「この作家、酒好きで有名なんだ」

その言葉に思わず噴き出した。

酒に酔って王宮に飾る彫刻を仕上げる作家も、その間違いを笑って許せる国民性もデルバイアというおおらかな国を象徴している。肩に入っていた力が自然に抜けたような気がした。

「ライン。完全な愛なんていいんだ。少しでも俺を愛してくれる気持ちがあるなら、俺を受け入れてくれ」

笑い声が、止まる。

「あのときは俺が悪かった。決闘してでもお前を勝ち取るべきだったし、それができなきゃ国も家も捨てて一緒に逃げるべきだった」

「だからガスタ、その話は……」

「この何年か、後悔しかなかった。お前の幸せをなんて言い訳で、お前を置いて逃げたのは自分が傷つかないためだ。俺は卑怯だった」

「そうだな」

「お前、そこは少し否定してくれても……」

「否定する要素がない」

そう答えると、小さく呻いて頭を抱える。

「俺が悪い。諦めるべきだと思っていた。だが、違った。お前を迎えに行ってたときなんて、どうやって愛を告げようかとしか頭に浮かばなかった」

「そんな言葉はなかったじゃないか。すぐに虎になったくせに」

「あれは……。お前に会えて、感情の整理がつかなくて……。ロアールのおかしな魔法も影響したんだろうが、俺が弱かったんだ」

大きな体を小さくしてガスタが告げる。

「元に戻れなくなったのは？」

「……考えてしまった。この姿のままだったらお前に拒絶されないんじゃないかって」

大きな溜息をついてガスタがしゃがみ込む。

「少し強く暗示がかかったようなもんだと思う。だから言葉すらしゃべれなくなった。獣化は感情と深く関わる。つまりだ」

しゃがんだ姿勢のままガスタは私を見上げた。

「どんな手段を使ってもお前のそばを離れたくなかったんだ、俺は」

かちりと音を立てたように視線が重なった。慌てて逸らすが、その前にふわりと笑うガスタの顔を見てしまう。

「ライン。欠けたままでいいから、心をくれ」

「……」

すぐに否定したいのに。声が出ない。

少女の像を見上げてただじっとしていると、ふいに目の前が陰った。

「は?」

思わず叫んだのは……ガスタが、私の唇に自分のそれで触れたからだ。

それを世間ではキスというはずだ。

「いや、ほら。そういう空気が」

「ない!」

「ダメか?」

「ダメに決まっているだろう!」

「いいじゃないか。どうせ許可を求めても怒られるんだから、やってから怒られたほうが……」

「いいわけあるかっ！」

悩んだ自分が馬鹿みたいだ。

「なあ、ライン。ダメな理由を挙げてくれないか？」

ダメな、理由？

「それはお前が私を信じなかったから」

「ああ。悪かった。今は信じてるし、これからも疑うことはない。次」

「次？」

思わず、聞き返すと何故か胸を張る。

「次、だ。俺を受け入れない理由がひとつとは限らない。次」

促されて思わず答えてしまう。

「私には番がいた」

獣人の世界で番は絶対だ。それは身をもって体験した。人間のほうでは番を求める本能が薄いというが、それでも心はかき乱された。

「今はいない。次」

あっさりと返されて額を押さえる。そんな簡単なことではないのに。

「いても俺は引かない。次」

強い視線を向けられて、言葉に詰まる。

「今更、だ」

「愛に時間は関係ない。刹那でも愛、永遠でも愛だ。次」

じり、とガスタが私に近づこうとするからそのぶん、後ろに下がる。

「私とお前では身分も違う」

「妃の叔父がなにを言ってる。次」

そうだった。私の甥っ子はこの国の王妃となるのだった。これは理由にならない。

「私はシャウゼで商売をしていて……」

「続けたいならそちらへ行く。次」

「いや、待て！　それは問題があるだろう」

「ない。言っただろう。あのとき、すべてを捨ててでもお前と逃げるべきだったと。今も変わらない。次」

次って。

「お前の親族は？　さすがに一度破談になったものを……」

「一族は掌握している。忘れたのか？　俺は竜殺しで将軍だ。俺に意見できる親族はいない。次」

「随分と横暴だな」

「強い者が、力を持つ。当たり前のことだ。次」

「後継者だっているだろう？」

「そんなもの、いくらだって養子になりたい奴がいる。年上のしっかりした息子だって持つことができる。次」

とっ……年上の息子……。

「私には持参金もなにもない」

「そんなものが必要なわけないだろう。次」

完全にガスタのペースだ。わかってはいても取り戻せる気がしない。

「次、なんて」

「ないのか？」

ぐっと一気に距離が縮まった。

「思ったより、ふたりの愛の障害が少なくてよかった」

腕を摑まれ、腰を取られ……深く唇が重なる。

「……っ」

中に入り込んできた舌が私のそれを搦(から)め捕ろうとするから必死に避けるが、追うように深く差し込まれて息が、できない。

初めてガスタと体を重ねた日……愛されるということは悪くないのだと思った。

唇を重ね、体を合わせ……言葉がなくても誠意は伝わると。だから、ガスタとの交際を決めた。

それを思い出す。

ガスタのキスは私を求めている。

お前が欲しいと必死に語る。

流されそうになって、思い切りガスタの足を踏んだ。

「痛っ！」

拘束が緩んで、その隙に距離を取る。

「……調子に乗るな！」

わざとらしく痛がるガスタは……きっとわざと私を逃がした。

ガスタはわかっている。私が未だに悩んでいることも、このまま勢いで押せば流されてしまうことも。

つまりガスタは確信したのだ。今、私を離しても大丈夫だと。私の心が揺れたのを確信して私を離した。

「ライン」

なだめるような、優しい声。

「愛してる」

その声に耳を塞ぐように私は広間をあとにした。

*

愛してると言うたびに怒らせている気がする。

大広間から出ていくラインを見送って溜息をつく。

番が現れたと知ったとき、当然ラインもそちらへ心を動かすのだろうと思った。番の愛は完璧で、お互いを想い合い他が入り込む余地はない。それは本能が薄いと言われる人間だってそうだ。

恋人は番には勝てない。

結婚していても、番が現れれば無条件で離婚が認められる。

真実の愛なんて言われても、それは決して綺麗なものじゃない。だから番が現れたときは身を引くことが美徳とされる。大人は幼い子に番の素晴らしさを説く。さまざまなおとぎ話で、劇で、番はこんなに素晴らしいものなんだよと教え込む。

その価値観がなければ、身を引くことができないから。身を引かなければ巻き込まれて不幸になってしまうから。全員が不幸になる結末がその先にあるのなら、理性を失っていない者が身を引くしかないじゃないか。

幼いころは大人たちのそんな思惑に気づかなかったけれど、確かにそう教え込まれていなければこの国は悲劇だらけだ。

『あの方は番が現れても身を引かなかったんですって』

そう交わされる言葉は非難ではなく、同情だ。可哀想に。不幸になるのは目に見えているのに。早く離れたほうがいいよ、番は引き離せないから。

ラインを置いて国を出て、けれど俺は不幸なままだった。なんだ、結局不幸なままならラインを離さなければよかったと何度思ったことだろう。

でも同時に、俺が離れることでラインが幸せになれたのなら俺の不幸も役に立ったと……。身勝手にそんなことも思っていた。

ゼクシリアに請われて戻ってきて、あいつの番がすでに亡くなってると知った。けれどラインの心は番にあるだろうと思った。番の愛はそういうものだ。一緒に命を絶たないでいてくれたことだけでも喜ばなければならない。俺は自分の判断が間違っていたなんて疑ってもいなかった。

ラインが『お前は、私が十歳の子に本気で惚れると思っているのか！』と叫ぶその瞬間まで。

番は会えばわかる。だが、幼いころはその感覚が薄い。やっとはっきり番だと執着できるのは早くとも十五、六。両親が番だというザウザに聞いてようやく知ったことだ。おそらく、相手もまだ本格的に目覚めてはいなかった。

ラインは番に愛を返さなかった。

俺は改めて自分のしたことに呆然とした。

俺はラインに一言も告げることなく、姿を消した。

なにひとつ、ラインの救いになんてなっていない。俺はただ、結婚を約束した恋人を捨てて逃げた最低な男だった。

俺にできることはなんだと考えた。再び身を隠すことはできない。それではあのときと同じだ。

では誠心誠意、愛を伝えることしかできないと思った。

下手な駆け引きはいらない。

もうまっすぐに愛してると伝えるしかないと。

求婚には花がいる。でも持てるだけの花では足りない気がして部屋を埋め尽くした。

『無理だよ、ガスタ。私の心は欠けてしまった。もう、前のように誰かを愛することはできない』

そう言われたとき、ラインの傷の深さを改めて知った。

誰でもない、俺がつけた傷。

断られることは覚悟していたし、そのための説得の言葉もいろいろと用意していたが、真っ先に浮かんだのはこの彫刻のことだった。

両方右手なんて、おかしいと誰もがそう思う。けれど、排除されないこの彫刻は欠けた心も許してくれる存在のような気がした。

彫刻を見たラインにもなにか思うところがあったようで、その表情が少し和らいだ。そのあと、調子に乗ったことは確かだが……まだ俺に可能性は残されていると思う。

「完全じゃない愛が成就するのを見届けてくれよ？」

両方右手の少女の彫刻は、微笑みを湛えて俺を見下ろしていた。

それから式までの一ヶ月あまり。

それが愛を告げることのできる期間だと俺は毎日のように愛を囁き、日に五回は求婚していたと思う。

そのうち城でも当たり前の光景になって、俺が跪いていても誰も気にしなくなったくらいだ。

受け入れてはもらえなくとも、幸せだった。

ラインがそこにいて、堂々と愛を囁けることがこんなにも幸せだとは思っていなかった。

ああ、こうすればよかったんだと思う。

もしラインが番に心奪われて、彼の妻になることを望んだとしても俺は変わらずこうして愛を囁けばよかったんだ。

「ガ……ガスタ将軍、ロアール様を見ませんでしたかっ」

廊下を飛んできた鳩がうろたえた様子で旋回している。外国からの来客もいる中での獣化はあまり褒められたものではないが、非常事態であるらしい。

「いや、見てないな。またいないのか?」

くるっくーと鳴いてザウザが羽ばたいていく。今日は結婚式だというのに、どこに行ったものか。

「あ」

だが、ひとつ心当たりがある。

ロアールは立派な悪ガキに育ちつつあるが、結婚式当日に大好きな母を困らせようとはしないだろう。困らせないの反対は、喜ばせたい。

俺がラインに送る花を選ぶのに、よく温室についてきていた姿を思い出す。

温室には見慣れない花が多くてロアールも欲しがったが、庭師は『特別なときに』と言っていた。

特別なときにしか貰えない花。特別な日というなら今日をおいて他にない。

温室は普段訪れる人も少ない。やんちゃなロアールが近づく場所の候補には上がらないだろう。

「迎えに行くか」

どうせここにいても警備の確認だ、要人への挨拶だと駆り出されるだけだ。式は王宮にある王族専用の小さな教会で行われる。その後のパレードになれば大騒ぎだが、それまでは少しくらい姿が見えなくても問題ないだろう。

そういう自分の考えがロアールに悪い影響を与えているのかもしれないと思いつつ俺はゆっくり庭へ足を向けた。

ザウザが気づけば将軍までいなくなったと騒がれるかもしれない。

「うーん……」

ロアールはいくつもの花が咲き誇る温室で腕を組んでいた。腕を組むなんて仕草はどこで覚えたものか。

「ロアール様、そろそろお決めになりませんと式が始まってしまいます！」

庭師の老人がハサミを持ったまま後ろをウロウロしている。俺を見つけて心底ほっとした顔になったのは、明らかにこの王子をもてあましていたからだろう。

「ガスタ！　ねえ、聞いて。かあさまにはピンクのお花が似合うと思うんだけど、こっちの黄色のお花はかあさまの髪みたいで綺麗なんだ。でもね、奥の小さいお花はピンクなのに花のふちが白くて特別なんだって。どうしよう、どれがいい？」

ロアールが気になっている花を次々に説明し始める。なるほど、これでは決まらない。

「全部じゃダメなのか？」

「ダメだよ！　特別なひとつをあげたいの！」

当たり前じゃないかとでも言わんばかりに怒られて、庭師と一緒に肩を竦める。庭師はロアールのこれに長い間つき合っていたに違いない。

「では俺は今日、この花をラインに送ろう」

手近にあった白い花をさすと、ロアールの目がきらりと光る。

「それはダメ。花嫁の色だからそれも候補なの！」

「ではこちらの薄紫……」

「それは中のおしべがきらきらしてて宝石みたいなの。かあさまが見れば喜ぶと思う！」

「ロアール。その調子じゃいつまでたっても決まらないぞ？」

特別を見つけたくてひとつひとつ吟味していったのだろう。この花はここが綺麗、この花はここがすごいと近くにある花すべてに答えが返ってくる。

「では庭師のおすすめを聞いてはどうだ？」

「おすすめ聞いたら、それもよくなって選べなくなったの……」

なるほど、すでに相談済みか。

「じゃあ、条件を絞っていこう」

俺の提案にロアールが首を傾げる。

「母様にはピンクが似合うと思っていたんだな。じゃあ、ピンク以外の花は次の特別に取っておく」

やめようということができるならこれほど悩んでいないだろうと、次にと提案するとロアールはうんうんと何度も頷く。

さてこれで近くにある花でピンクは五本ほどか。温室の奥までは見せちゃいけないなと思いながらもう一度ピンクの花だけを見ていく。

「どれも綺麗だな」

「うん」

「じゃあ、この中で一番元気なものを選んでいくというのはどうだ?」

「元気?」

「今日は一日が長い。母様がゆっくり花を見るのは随分あとだ。そのときにまだ元気なほうがいいだろう。元気な花はどれか、庭師に聞いてみようか」

庭師に視線を送ると、花のふちが白くなっていて特別なんだと言っていた花を指さした。小ぶりではあるが、花びらの数が多くてとても可愛らしい。幸せな花嫁によく似合う花だろう。

「どうだ？　いちばん元気で、母様に似合うピンクだ」

ぱあっとロアールの顔が笑顔になる。どうやらお気に召したらしい。

庭師が丁寧に花を摘み、ロアールに手渡した。満足げなロアールを抱き上げる。このまま花を持って走り出せば、どこかでころんでしまいそうだ。

「さあ、お祝いに行こう」

教会に移動しなければならない時間が近づいていた。

*

「テスは緊張で昨夜は一睡もしてないぞ」

笑いながら姉……ロイの母親が隣に座る。金色の髪に緑の瞳。私と同じ色を持つこの姉は美人ではあるものの、気が強くていろいろと大雑把な性格をしている。この姉からよくもまあ、あんな天使のような甥っ子が生まれたものだといつも不思議に思う。

王宮の中の小さな教会は王族専用のものだそうだ。小さいとはいえ、五人ほどがかけられる椅子が左右にそれぞれ十列ほどは並んでいる。間隔もじゅうぶんにとってあるのは体の大きな獣人に合わせてのことだろう。

あの王宮の建物に比べれば小さいというだけであって、天井も高く、正面の祭壇は見上げるほど立派なものだ。デルバイアの建国のときからある教会らしい。飴色(あめいろ)の柱や床を見ているると、多くの人がこの教会を大切に保存してきたことがわかる。

姉が言ったテスというのはロイの父親のことだ。熊のような外見とは裏腹によく気が回り、家事も得意な優しい人だ。粗暴な姉には過ぎた夫だと思う。まあふたりは薬師で、薬に関しての知識欲というか……そういったものが恐ろしく強い。その情熱は夫婦共通のものので、その点だけを見たならばお似合いだと言えなくもない。

結婚式で花嫁の父は一緒に通路を歩き、祭壇で待つ花婿のところまでエスコートする役目を持っている。

確かにあの義兄なら、未来の妃を国王のもとへ届ける大役を思い浮かべただけで倒れるのではないかと思った。

「大丈夫なのか？」

「まあ、なんとかなるだろ。体力だけはあるし、まさか息子の晴れ舞台で倒れたりはしないさ」

肩を揺らして笑う姉は珍しくしっかり化粧をしている。そういう格好をしていれば元がいいだけに人目を引く。ボリュームのある髪はひとつに緩く束ねてサイドに流され、マーメイドラインの赤いドレスは彼女の雰囲気によく似合っていた。

花嫁側の招待客は私たちだけだ。

私たちの両親はロイが生まれる前に他界しているし、義兄の両親も高齢なためデルバイアまで足を運ぶことができない。ここに来ることを一度は断ったものの、あちらの席に並ぶ来賓を見ているとたったひとり増えるだけでも来てよかったのかもしれない。

とはいえ、式は身内だけで行われる。

陛下のご両親も早くに亡くなられているらしく、親族の席である最前列に座っているのは王弟殿下とその妻だ。陛下によく似た、けれど少し優しげな瞳の殿下はロアールが生まれてすぐに王太子の地位を返上されたという。

その後ろに陛下の叔父夫婦と叔母夫婦、その家族。私たちの後ろにいる若い夫婦はロアールが生まれるときに、仮腹となる卵を提供してくださった方らしい。その卵に移すことができなければロイとロアールの命はなかったと聞いて、どれほどの感謝をささげても足りないと思った。

小さな虹色の鳥が夫人の肩に乗っていて、息子ですと紹介された。くるりと丸い目がなんとも可愛らしい。

教会内にいるのは警備を除くと二十人に満たない。ほとんどの招待客が席に着き、式の時間まであと少し。

「……遅いな」

呟いたのは、ガスタの姿がここには見えないからだった。

今日は招待客として見守るのだと言っていた。親族以外で出席する数少ない人物のひとりのはずである。

「将軍か。昨日もテスにつき合って深酒していたからなあ」

意外にもガスタと義兄は気が合うらしい。その昔、結婚の報告に行ったときもよくふたりで酒を汲み交わしていた。

とりわけ竜退治の話を多く聞きたがっていたが、今思えばあれは虎を前にした肉屋のビエンタと同じ目をしていたように思える。そういえばガスタが持っていた鱗を譲ってもらって号泣していたな。

もう陛下が入場してもおかしくない、というときになってようやくガスタが現れた。当然のように近づいてきて、私の横に腰をおろす。

「最前列は親族だ」

「親族のようなものだ」

堂々と答えて、手にしていた淡いピンクの花を私の胸ポケットに差した。

「その服、よく似合っている」

「褒めてくれなくても……」

この服はロイが用意してくれた。深い緑色は私の瞳の色に合わせてあり、裾や袖に重厚さを出すためか黒の糸で刺繍（ししゅう）が施してある。

「俺の色だ」

その刺繡を指さされて、気づいた。ガスタの服の色が真逆であることに。黒地に緑の刺繡のその服と並べば意図ははっきりとわかる。

「……」

今更脱ぐわけにもいかないが恐ろしく恥ずかしい。

「っ！」

思い切りガスタの足を踏んでおいた。

式の時間となり、陛下がさっそうと現れた。それを合図に全員が立ち上がる。祭壇の前で振り返った陛下に頭を下げる。

「感謝する」

短い言葉を合図に顔を上げた。

「緊張しているな」

小さくガスタが言うが、私からは陛下の緊張がわからなかった。

ガスタの声が聞こえたのだろう。陛下が器用に片方の眉を上げたのが見える。それからごほん、と咳払いしたのは肩の力を抜くためだろうか。

やがて、ゆっくり教会の扉が開かれる。

「……っ」

陛下が息を吞む音がはっきりと聞こえた。

白い衣装はロイの清廉な雰囲気によく似合っている。

さすがにドレスではないが、丈が長めのジャケットはふわりと裾が広がっている。全面に銀糸で細かな刺繡があり、きらきら光る真珠がところどころに縫いつけられていた。真珠は珍しいものではあるが、今日を飾るのにふさわしい。胸ポケットにあるピンクの花はまるでロイのように慎ましく咲いていた。

小さなヴェールが顔を隠しているが、少しだけ見える口元が笑みをかたどっている。

それから横にいる義兄の腕を取っているのが見えて、ようやく義兄の存在を認識した。義兄は微笑んでいるように見えなくもないが、その笑みはぎこちない。ギギと音でも出そうなくらいの動きで足を踏み出したときには横で姉が噴き出していた。

ふたりが歩き始めてすぐ、その隙間から小さな顔が覗く。これには陛下の親族のほうでも噴き出す音が聞こえた。

ロイと義兄の間から現れたロアールはなに食わぬ顔で指輪を乗せた台を持ってふたりの前をすり抜けていく。陛下の横まで辿り着いて、得意げにロイを振り返った。

「来るのが早くないか？」

「だっておれととうさまでかあさまを幸せにするんだから、おれはこっちがわ！」

陛下の問いかけにロアールが堂々と答える。なるほど、考えがあってのことらしい。

音楽などはないようだ。そのぶん、義兄のぎこちない動きと弾みそうなロイの足取りの対比がはっきり感じられて頬が緩む。

祭壇まで辿り着いてロイを無事に陛下に引き渡した義兄はそのまま倒れ込んでしまいそうな表情でなんとか姉の横に立った。

「吐きそうだ」

おおよそ式には不似合いな発言だが、大役を終えたあとだ。大目に見なければならない。

「陛下、ご報告を」

祭壇の横に控えていた老人がふたりを正面へ移動させる。この教会におられるのは神ではなく王家の先祖代々の魂らしい。式とはその先祖への報告の様式を持つ。死者へ声が届くように音楽は鳴らさないのだと聞いた。

「生涯をともにする者を連れてまいりました」

「ロイと申します、よろしくお願いします」

陛下が声を上げ、ロイがゆっくり頭を下げる。

ここで認められるんだ、というのは事前に聞いていたがなにかが起こるとは思っていなかった。

ふわり、と花の香りが教会内に広がった。

私やロイが胸に差している花からではない。もっと一面に咲き誇っているような強い香りだ。

「これは……」

誰かが香水の瓶でも倒したのかと思ったが、すぐに香りが消える。

消えたことでまたその香りを出したのが人ではないとはっきりとわかった。

「無事、認めていただけたようだ」

陛下が優しげな笑みをロイに向け、ロイも頷く。

「ん！」

ロアールが待ちかまえていたように指輪を掲げて、まず陛下が指輪を取った。そっとロイの指に嵌め、ロイも同じように返す。

陛下がヴェールを取ると、胸元のピンクの花と同じように頬を染めたロイの顔が見えた。その頬に陛下が唇を落とし、拍手が沸き起こる。

「よしっ！」

儀式的なものは終わりだろうか、と思ったとき陛下が大きな声を上げた。そのままロイの手を取り、通路でくるくるとワルツを踊り始めてしまう。

「へっ、陛下っ」

振り回されているロイは慌てているが、周囲は笑いに包まれた。

式が終わると、教会の前に用意されていた白い馬車に乗り込む三人を見送った。このまま王都でパレードを行い、夜に舞踏会となるらしい。夕方までは帰れないのだと聞いた。ゆっくりお祝いを言えるのは明日の朝……は無理だろうから、それ以降になりそうだ。

ロイは終始、幸せそうに笑っていたなと思う。

「お前も結婚したくなっただろう？」

「ガスタ？」

警備のために一緒に行くのだとばかり思っていたガスタがすぐ後ろにいて驚いた。

「行かなくていいのか？」

「俺はここでなにかあったときの対処だ。偉くなるとふんぞりかえっていても文句は言われない」

しばらくすると馬車が城門を出たのだろう。集まっていた人々の歓声がここまで聞こえてきた。

「始まったな」

「今日一日は騒がしいだろうな」

「まさか。一週間は騒がしいままだ」

これが一日で終わるわけないとガスタが笑う。

「うちの王様は人気者だからな。国民すべてが番の見つからない王に同情していた。やっと連れてきた番は愛らしいし、宝玉なんてのもいるし、発表されたときですら数日は落ち着かなかった」

「ロイは幸せになれるな」

「ああ、もちろんだ」

ガスタの答えにゆっくり目を閉じる。

ああ、あの子はこれで幸せになれる。

「ライン⁉」

ほろりとこぼれた涙を慌てて拭った。

私の勝手な感情だ。

亡くなったあの子と同じくらいだったロイ。引き取ったとき、幸せになれるようにと願った。

きっと友を作って遊びたかったはずだ。学校に行って学びたかったはずだ。剣も魔法も……まあ、ロイにそのふたつの才能はなかったのだが、けれどそういう普通を持てなかったあの子のぶんもロイの幸せは守ってやりたかった。そして、番と出会うのは自分で未来を選び取れる年になってから。小さなうちにあんなに感情を乱されることなんて知らなくていい。

それが、今日叶った。

私の勝手な自己満足であることはわかっているけれど、幸せな顔の甥っ子に私はどれだけ救われてきたんだろうと思う。

「お前が育てたんだってな」

「ああ。七歳のころからな」

「じゃあ、俺がもし……お前を探してたらゼクシリアはもっと早く番に会えたな」

ああ確かに。……もしガスタが私を探していれば、その友ともいえる王様にロイの存在がわかってしまうことはあったかもしれない。

「探してくれなくてよかった」

心の底からそう思う。ガスタは微妙な顔をしていたけれど、ロイの幸せを守るためだったと思えばそのほうがいい。

「ではロイの幸せも見届けて、俺とのことをまた考えてくれるか?」

「……」

答えられずに、ガスタを見上げる私の肩に、虹色の鳥が止まった。先ほど、ロアールと同じ卵から生まれたと言っていた子だ。

「あらまあ、すみません。お邪魔をして」

母親の女性が駆けてくる。彼女はそっと私の肩に手を伸ばして息子を自分の肩に乗せた。

「まだ人の姿になるのが上手くなくて」

「小さいころはそんなものですよ。ロアールがおかしいんです」

ガスタが目を細めて小さな鳥を見つめる。

「そういうものなのか？」

「ああ。小さいころは成長が早いから、人の姿を取ったままだと成長痛がひどくてなあ。わりと獣のままの姿でいることが多いんじゃないかな」

へえ、と感心しながら彼女たちが遠くに離れていくのを見送って……頭の中で引っかかるものを感じた。

「人の姿のままだと辛いのか……？」

番であった子のことを思い出す。彼は……彼は、梟だったというのに私は一度もその姿を見たことがなかった。

それは……成長が……老いが止まらない体には辛いことではなかったのかと。

「ライン？」

あの子は最後に、私が幸せになるようにと言った。

本当にそれを心から望んでくれていたのだ。

「どうした？」

改めてガスタを見上げる。

ずっと、愛していた。

番という存在が現れて私の心をかき乱しても変わらなかった。心の傷は戻らなくて、まだ欠けたままだけど。

「ライン？」

無言の私にガスタが首を傾げる。いつもなら、すぐに否定する言葉。けれど、今日くらい。今日、ならば。

「考える」

そう答えると、ガスタが目を何度も瞬かせる。

「え？」

「考える、と言った」

いつも距離を詰めるのはガスタ。けれど今日は私から距離を詰める。呆然と立ち尽くしたガスタの胸にそっと手を当て、少し背伸びした。

「……夢か？」

唇が外れると、ガスタが呟く。思わず噴き出した私をガスタが抱きしめた。

＊

「……夢か？」

呟いた俺は、けれどそれが夢ではないと気づいて力の限りラインを抱きしめた。

「ライン」

名を呼んだあとは今度はこちらから唇を重ねる。遠くで聞こえる歓声が自分たちを祝福してくれているようにさえ思える。

「んっ……ガスタ」

鼻にかかるような声がキスの合間に聞こえて興奮する。揺らぐ影を必死に抑えた。ここでラインを迎えに行ったときの二の舞になるわけにはいかない。これには続きがある！

そう、続きだ。

あのあと、俺はラインをどうしたかったんだ？

決まっている。

「ガスタ！」

ラインが叫んだのは、その体を横抱きにしたからだ。

「っちょ……降ろせ」

「いいのか？　さすがにここで抱き合うのは目立つぞ」

「だっ……」

真っ赤になったラインが口をパクパクさせる。なにを驚いている？　これだけ焦らされておいて止まれるわけがない。

そのまま早足に動き始めるとラインは俺の肩に顔をうずめた。周囲に見せないためだろうが、ほぼ恋人同士ともいえる服を着た俺たちがどういう行動をしていても周囲は見なかったことにしてくれるはずだ。

まあ中には……。

「将軍、ついに……！　おめでとうございますっ！」

などと声をかけてくる部下もいるにはいたが、全部を無視してラインに用意されている客間に向かった。両手は塞がっているので扉は蹴る！　侍女が開けるのなんて待っていられるか。

部屋には掃除中の侍女がいたが、楚々とした動きで寝室のカーテンを閉めて姿を消した。彼女にはあとでボーナスを支給しよう。

寝台の上にそっとラインを降ろ……した瞬間に殴られた。ラインは照れ屋だ。

そのあと、足でも蹴られてよろけてしまう。ああ、ラインが寝台の上にいるのに。

「落ち着け」

「無理だ」

食い気味で答える。俺はふてくされて床に座り込む。

胡坐をかいてじっとラインを見つめるとラインは大きな溜息をついた。

「もうそんながっつく年でもないだろう」

「年なんて関係あるか」

「今日がどういう日かわかってるのか」

「この国にとって至上最強にめでたい日だ。俺たちが結ばれてなにが悪い」

抱きたい。

その思いが頭の中を埋め尽くす。ぐらぐらと影が揺れる。気を抜くと呻き声も出てきそうだ。

「結婚の祝いの舞踏会に出ないなんて選択肢はない」

「どうせあいつらだって出てこない」

「そんなわけ……」

「ゼクシリアは初夜のことしか頭にないに決まっている。顔を出したとしても一瞬だ」

俺の答えにラインは少し視線を泳がせた。この一ヶ月ほどでゼクシリアがどれだけロイを溺愛しているかを見てきたはずだ。

ああ、もう他人のことなどどうでもいい。

「抱きたい」

その思いが口をついて出た。

「ラインを抱きたい。キスしたい。服を脱がして全裸が見たい。鎖骨を舐めたい。あとをつけたい」

「ちょ……！　お前っ」

「その声をすぐそばで聞きたい。触りたい。ラインの肌の感触を確かめたい」

「ガスタ！」

ラインの悲鳴のような声が聞こえるが無視だ無視。ここまで来て待てというラインが悪い。

「指を這わせて赤くなるお前が見たい。胸の飾りを触って、つねって……とがったところに嚙りつきたい」

「ガスタっ！」

耐えられなくなったラインが近づいてくる。当然、立ち上がって捕まえる。力はこちらが上だ。油断さえしなければ俺が勝つ。そのまま床に押し倒して、唇を重ねた。深く、文句なんて言えないように。

ラインの足の間に膝を入れてそこを刺激する。ラインもその気になればいい。

「……っ」

唇の間から漏れる息に熱が加わる。暴れていた体が、徐々に力を失う。

いける、と思った。このままラインを貪れると。

その油断を狙っていたのだろう。腹に、ラインの膝が入った。それはもう綺麗に急所を狙って。

「もう一度言う。結婚の祝いの舞踏会に出ないなんて選択肢はない」

俺の下から抜け出したラインの声が真上から聞こえた。……ラインになら殴られるのも悪くないなんて思ってしまう俺はもう頭の中にラインしかいない。

「抱きたい……」

けれど抱かせてくれないのか。

これが俺に対する罰か。

そう思うとなんだか泣けてくる。

「馬鹿だな、お前は」

呆れたようなラインの声に体を起こす気力もない。

「……服、これしかないんだ」

「ああ」

そうだろう。いくら妃の親族とはいえ、ラインは庶民だ。王族の結婚式に出られる服なんて俺が作ってやったその一着だけだろう。あったとしても他の服なんて着せて人前に出す気はない。

「このままだと、修復不可能な皺になる」

「?」

まさか、と体を起こす。

「脱いでくるから、待ってろ」

その言葉に、思わず敬礼した。

＊

待ってろ、なんて……。

同じ男としてガスタがあまりに気の毒になってきてああ言ったものの、衣裳部屋に入ったとたん私は頭を抱えて蹲り……ああ、服が皺になるんだった、と再び立ち上がる。

ロイがこれから幸せになるのかと思った瞬間に肩の力が抜けた。

頑なにガスタを拒否していた心に隙ができた。

正面の鏡に映った自分は、少し頬が赤くなっている。目はどこかうつろで、まるで誘っているような顔だと思った。

水でもあれば頭から被りたい。

そうすれば少しは体の熱も収まって、今からガスタと寝るなんて馬鹿な考えはなくなるだろう。

ジャケットを脱いで、近くのトルソーにかける。うん、目立った皺にはなっていない。

軽くブラシをしたあと、ズボンも脱いでガウンを羽織る。脱いだズボンも皺にならないよう用意されている台の上に乗せる。本当ならここで侍女に渡せば夜までに綺麗に仕上げてくれるのだろうがさすがにそれを頼むのには勇気がいるので、できるだけ自分で手入れを行った。

決して、時間稼ぎをしようとしたわけではない。

絶対に祝いの席に出るんだという私なりの気合だ。

最後に眼鏡を外して鏡台の上に置いた。物の輪郭がぼんやりするが見えなくて困るというほどではない。

扉を開けるのには少し勇気が必要だった。あれだけがっついた男を放置してきたのだ。開けた瞬間に飛びかかってくるかもしれない。そう思ったのだが、実際にはごんと鈍い音が響いただけだった。

鈍い音……？

そうっと顔を出すと、上着を脱いだ姿のガスタが額を押さえて蹲っている。どうやら扉の近くにいすぎて頭をぶつけたらしい。

「なにしてるんだ？」

「……待ってた」

立ち上がって格好つけた顔をしても額が赤い。

ふっと頬が緩んだ。

「ライン？」

伸ばされた手を避けて寝台へ向かう。途中、どうせ邪魔だろうと羽織っていたガウンの紐を解く。その下にはなにも着ていない。

もうすぐ寝台に辿り着く、というとき後ろから獣の唸り声が聞こえた。振り返るより早く、大きな虎が私を寝台に押し倒す。

「虎？」

虎、だ。

私を押し倒しているのは虎だ。

「まさか……」

まさか、また獣化して戻れないなんて言わないだろうなと手を伸ばすと、その手が触れる前に虎の輪郭が薄くなった。

「だっ、大丈夫だっ」

人に戻り、息を乱してそう言うガスタは……おそらく、本人のほうがその恐怖に怯えたに違いない。こみ上げてきた笑いを抑えられなかった私をガスタが恨めしげな顔で見下ろす。

触れ合った肌が少し冷たい。虎から人間に変わったついでに服を脱いだようだ。裸になるのに獣化は時間の短縮になるらしい。どれだけ余裕がないんだと思うとまた笑えた。

「ライン」

私の名を呼んだガスタの肩を摑んで、くるりと体勢を入れ替える。今日のガスタは隙がありすぎる。

鍛えられた腹の上に乗って、ガスタを見下ろした。

「ガスタ」

びくりと肩が震えたのは、私がまたやめるとか言い出すのではと怯えたのだろうか。

「がまんしてたのが、自分だけだと思うな」

そのまま唇を重ねる。

不思議だ、と思う。

あれだけ大きな傷があった。

あれだけ焦がれて、でも得られずについた傷。

ガスタから受けるキスでは癒されなかったのに、こうして自分で唇を重ねると少しだけ薄くなったような気がする。

ぐっと頭の後ろを押さえられて、キスが深くなった。入り込んできた舌を……私から絡めにいく。お互い、どちらがより深く相手の口を味わうかを競うように。

私の体を触ろうと伸ばしてきた手を取って、指を絡めた。

もう少し。もう少し深く唇を重ねたらもっと傷がなくなる気がする。

そう思って手を止めたのに、頭の後ろを押さえていた手も離れていこうとするから同じように指を絡めて押さえつける。

「ライン」

唇が少し離れる。吐き出す息が熱を帯びる。

「黙れ」

そう言ってまた唇を重ねた。それに従ってくれたのは、私を感じようとしてくれているからだろう。

合わせた唇。肌。息遣い。

忘れていたようで忘れてなどいなかった。

まるで時間が巻き戻ったようで、それでいて前とはどこかが違う。

ああ、違うな。

ガスタと体を重ねるとき、私はガスタにすべてを預けていた。けれど今は少しそれが怖い。

唇を少しずらして、頰を食むはむ。目頭、耳元。少しずつ。

確かめていかなければ私は怖いのだ。

確かにここにガスタがいると、確かめていかなければ怖いままだ。

「ライン?」

ガスタがひくりと顔を引きつらせたのは私がガウンの腰紐を手にしたからだろう。手を万歳の形に上げさせて、手早くガスタの手首を拘束し、余った紐を寝台の上部に括りつける。

「ライン？」

ガスタが目をきょろきょろさせる。それが面白くて目元にキスした。

「動くな」

そう言って私は頬をガスタの胸にそっとつける。

どくどくと波打つ心臓の音が聞こえる。それが愛しくて胸元にキスを落とす。

「……っ」

ガスタの反応を見ながら、舌を這わせる。ちらりと上目遣いで視線を送ると暴れたので縛っておいてよかったと思う。

ゆるゆると筋肉の筋を辿って下へ降りる。執拗にゆっくりと動くのはもちろん、嫌がらせだ。それくらい、許されるだろう？

臍のあたりまでくると、ガスタの張りつめたものが視界に入る。

思わず、ごくりと喉が鳴った。

口に含んでしまおうかと思ったが、やめて先端に小さくキスを落とす。ばたばたと足が暴れたのでぴしゃりと叩いておいた。

「ライン……」

心底情けない声を出すのは、本当にこの国の将軍だろうか？

私はわざとガスタのそれを自分のものに押しつけるように上に乗った。それから自分の指を口に含む。

ことさら見せつけるように、指に唾液を絡める。最初は人差し指。それから、中指。ぴちゃぴちゃと音を立てて指をしゃぶった。それだけで下にあるガスタのものがどくどくの波打つのがわかる。

「じっとしてろよ？」

少し腰を浮かせた。

舐めた指を自分の後ろに当てる。

「……っ！」

久しぶりに使う後ろは自分の指でさえ、なかなか受けつけない。

ガスタの胸に体を預けるようにして、ようやく一本埋め込んだ。

「熱い、ガスタ……」

きっと私の体はガスタを求めている。けれど私は自分でガスタが欲しいんだ。

指を動かすと、少し痛みが走る。これではガスタを受け入れるのに随分かかりそうだ。

「ライン、これは……拷問か？」

「ああ。そうだな。耐えろ」

はっ、と短く息を吐く。ガスタがぐっと眉を寄せる。

「なんて拷問だ……」

ぐるる、と鳴るのは獣の喉。ガスタが私を求めて唸る声。

にやりと笑って私は指を増やす。そのとき、指の先端が触れた箇所に思わず声が上がった。

びくりと震える私の体に、ガスタのものが熱くなる。その熱さが直接中に注がれた気がしてそこがふいに柔らかくなる。

「ガスタが中にいるみたいだ……」

指を動かして広げながら、ガスタに小さなキスを落とす。ぎりぎりと音が鳴りそうなほど奥歯を噛みしめているガスタは私の唇を追いかけようとしてできなかった。

三本目の指を埋め込む。

吐く息が、熱を帯びる。声もがまんしない。ガスタに見せつけたかった。

お前はこれを捨てたんだ。

私がこれだけ焦がれていたのに、お前が捨てた。

だから……とゆっくり指を抜く。ガウンのポケットに入れていた小さな瓶を取り出すと、乱暴にガスタの勃ち上がっているものにかけた。

とろりとした液体を雑に広げる。

今、ガスタが達してしまわないように。

すっかり勃ち上がったガスタのものは限界に近い。

それを、そっとそこに当てた。

「……くっ」

ゆっくりと腰を落とすと、入口を押し広げて中に入ってくる。やはり指とは比べ物にならない。大きく息を吐いて体の力を抜く。少し……また少しと中へ誘う。

ガスタは眉を寄せて目を閉じていた。ぐっと結んだ口から時折、呻き声が聞こえる。寝台に縛りつけている腕で耳を塞いでいるようだ。

耐えている。

私が耐えろと言ったから、目を塞いで耳を塞いで。

「ガス……タ」

からかいたくなって、名前を呼ぶ。声は砂糖をまぶしたように甘い。

「ガス、タ。……お前が、……わ、たしの中に……いる」

ガスタはなにも答えなかったけれど、中のものが固くなった。聞こえてはいるようだ。

一気にぐっと腰を落とした。

「ふぁ……っ」

奥まで咥えて、目に涙がにじむ。

それが痛みのためなのか別の感情のためなのかわからずに、ガスタを入れたままその胸に倒れ込んだ。

何度も息を吐いて呼吸を整える。

「ライン……死にそうだ」

「ああ。私もだ」

ガスタの死にそう、は私と同じではないだろう。がまんしすぎて息も絶え絶えなガスタと……幸せを噛みしめている私とでは。

熱い。

ガスタが私の中で波打っている。

やっと戻ってきたのだと感じる。

ガスタが戻ってきた。

「解いてくれ」

その言葉に、どっちつかずの笑みで答える。ぐるる、と鳴る喉にそっと手を置いた。

「ガスタ。愛してる」

ずっと私はそう言っていたのに、あのとき信じてくれなかった。私の感情は危うい橋の上で立ち往生したままだったから。

「もう離さないって言ってくれ」

「離すものか」

「愛してるって」

「愛してる。言葉じゃ足りないくらい、愛してる」

ほろりとまた涙がこぼれた。

自分で受け入れて、やっと心が私の手の中に戻った気がした。

「ラインっ」

ガスタが腕を引く。ギシギシと寝台が音を立てる。これはさすがにまずいのではないだろうかと思ったらふと涙が止まる。

「ガ……ガスタ？」

バキっと大きな音がした。見ると……紐を結んでいた棒の部分が綺麗に折れて……。

上半身を起こしたガスタが、にやりと笑って結んでいた紐を口で解く。解いた、のか？ 噛みちぎったのかもしれない。

ちょっと引き気味の腰を摑まれる。引き寄せられて唇が重なった。

「ここまでがまんした俺にご褒美が必要だと思わないか？」

ひくり、と顔が引きつった。

入れる前に、やっぱり一度くらい吐き出させておいたほうがよかったかと思ったが後の祭りだ。

「あっ」

腰が少し動いただけで、声が上がる。

久しぶりの感覚は……恐ろしく強く体を駆けめぐる。

これから、動く……のか。動くな。動かないわけ、ないな。

とんと肩を押されて体が簡単に倒れた。覆いかぶさるようにガスタが私を抱きしめる。

それだけで刺激が強い。

「舞踏会は、諦めてくれ」

耳元で囁かれた声に返事を返す前に、ガスタが動き始めた。

激しい抽挿にまるで激流に放り出されたような気がする。

「うあっ、あああっ」

ガスタの体が離れていくのが嫌で強く抱きついた。何度も強く引き寄せようとしてガスタの背に爪を立てる。

ガスタはその痛みさえ嬉しそうに笑う。

「ライン」

熱い。

「ライン」

熱くてたまらない。

「ライン」

もっとずっと名前を呼んでいてほしい。

「ライン、愛してる」

目を閉じる。そうするとガスタの熱が体に回っていくのを深く感じられる気がして。

「ライン」

何度も名を呼ぶガスタが……ガスタも、私を感じてくれている。その全身で、心で、私を……。

ひときわ大きく腰が動いて打ちつけられる。

「あああぁっ！」

もっと、と思うのに絶頂のほうが先に来てしまう。

「ライン」

私が放ったのを見て、ラインも呻いた。奥に熱さを感じて……ラインも達したのだと知る。

整わない息のまま、体をぴたりとくっつけた。

しばらくなにも言わないまま、少しでも隙間がなくなるように抱き寄せる。

「ライン、愛してる」

「……ああ」

瞼にキスが落ちる。目を開けると視線が合って、なんだか体がむず痒くなるような居心地の悪さに笑う。

「ライン、鎖骨舐めていいか？」

熱い息が首元にかかる。許可を出す前に舐められて、そのくすぐったさに笑った。

「あとをつけたい」

痛いくらいに肩のあたりを強く吸われる。何度も。赤……じゃないな、これは明日には紫になるようなあとだ。

「声を聞きたい。すぐそばで。ラインの肌を触りたい」

そこでふと気づく。これは……ちょっと前に、拗ねたガスタが言っていたことじゃないか？

「指を這わせて赤くなるお前が見たい。胸の飾りを触って、つねって……とがったところに囓りつきたい」

つねる前に囓りつかれて体が跳ねる。

「ガス……」

右の乳首を吸いながら、もう片方を指で弄られて声が上がった。

「ガスタ……っ！」

反った背中に手を差し入れられ、腰が動かなくなる。そういえば、まだ入ったままだったと思い当たったガスタのそれは私の中ですっかり強度を取り戻していた。

「さっき言っただろう。舞踏会は諦めてくれって」

ガスタの唇が指で弄られて固さを増した左側に移動する。じゅう、と音が鳴るほどに吸われて足先が震えた。

「ライン……ああ、俺のラインだ」

太股の裏を持たれて限界まで大きく広げられる。繋がったそこを愛おしげに撫でる仕草に背筋がぞくぞくした。

「ライン、あんなのどこで覚えた？」

「え……」

「あんな誘い方……最高にエロくて綺麗だった」

あんな誘い。

改めて言われて自分のしたことを思い出す。今更だが、体が羞恥(しゅうち)に染まる。

「あんなことされたら、止まらない。お前が悪いぞ、ライン」

繋がったまま、体をぐるりと回転させられた。

「うあぁっ！」

うつ伏せの姿勢になり、ぐっと腰を持ち上げられる。背中にガスタの体温を感じて……

再び始まった動きにギュッとシーツを摑んだ。

二度目の律動は……少し余裕があるぶん、手に負えない。

ああ、そうだ。ガスタは獣人なのだ。私とは体力もけた違いで……そこでふと体の細い甥っ子のことが心配になる。あの子はあんなに体格の違う王様に愛されて平気なのかと。

「ライン？　考え事とは余裕だな」

「え……あっ」

ガスタが腰を引いた。ぎりぎりまで抜いて……一気に私を貫く。

「……っぅ」

声にならない。目の前が真っ白に染まる。

「俺だけだろう、ライン？」

今だけで……かわりでいいなんて殊勝な言葉はどこかに飛んでいってしまったようだ。

「俺のものだ」

繫がったそこを確かめるように何度も撫でる大きな手。私もガスタとの繫がりを感じたくて、後ろに手を伸ばす。

摑んだガスタの腕を胸に持ってきて抱きしめる。指先にキスをすると、背中越しにきつく抱きしめられた。

「ライン、愛してる」

答えるかわりに、首をめぐらせて唇を重ねた。手をガスタの首に回すと体が横向きになってガスタが離れてしまう。思わず眉間に皺が寄って……ガスタが驚いたように私を見下ろしていた。

「なんだ？」

「いや、離れたことが嫌なように見えた……から」

「馬鹿だな」

本当に馬鹿な男。

「嫌に決まっている」

足を広げてガスタの腰に絡ませると、ガスタの目がぎらりと光ったように見えた。

何度体を重ねただろう？

もう数えることは途中で放棄したが、嫌になるくらいの数だったことは間違いない。いっそ意識を手放してしまいたかったが、ガスタは絶妙に呼吸を合わせて私にそれをさせてくれなかった。

「記念すべき夜だしなぁ」

そうだ。もう、夜だ。

ロイの結婚式は午前中だったのに、もう陽はすっかり落ちている。途中で風呂に入ったりまどろんだりはした。したが、それさえも意味をなさないくらい再び愛し合った。

もう若くもないのに、なんてことだ。

少し身を捩ると、隣にいる男は強く体を抱きしめる。耳元に熱い息を吹きかけられて

……あんなにしたはずなのにまだ体の奥にくすぶる熱があることを知る。

それを振り払うように、絡みついた足を外した。すぐにまた絡めようとしてくるから押し返す。

「ライン」

ぐっと顔を押した。少しだけ抱きしめる力が弱くなったので起き上がって寝台の上に体を起こす。

本当なら立ち上がって寝間着に着替えたかったが、足に力が入らない。かろうじて寝台に座ったまま床に足をおろしただけだ。

「……情けない」

「なにがだ?」

後ろから抱きしめるガスタは甘い空気を隠しもしない。

「甥っ子の結婚の祝いだぞ」

「ああ」

「出られない……」

足腰が立たないだけじゃない。情事のあとの気怠い空気が抜けない。こんな顔で、どうやってロイの前に顔を出せるというんだ。

「機嫌を直してくれ、奥さん」

頬にキスをされて……ガスタの言葉に眉を寄せる。

「奥さん？」

ガスタはにやりと笑って私の左手を取った。重ねられたその手の薬指に……お揃いの金色の指輪が光っている。

「結婚式は嫌がられそうだから、嵌めといた」

いろいろ飛ばしすぎだろう。疲れが増した気がしてガスタに体重を預ける。

せめて求婚の言葉くらい……とも思うが、この一ヶ月あまりさんざん聞かされてきたことを思い出す。

「了承した覚えはないが」

「愛してるからいいんだよ」

どっちが、とは聞かずに目を閉じる。背中に感じるガスタの体温が心地いい。

「……勃ってきた」

「は？」

「やろう」

耳元にキスされて大きく溜息をつく。

「仕方ないな」

くるりと後ろを向いてガスタを押し倒す。そのまま唇を落とすが、やろうと言った本人は動かないままだ。

「もうじゅうぶんだと言われるとばかり……」

「何故だ？　やっと……のに」

「え」

「やっと、お前を手に入れたのに」

私の言葉にガスタが破顔する。ぎゅうと力の限りに抱きしめられて私も笑う。

「愛してる」

「当たり前だ」

夜はまだ、長くなりそうだった。

あとがき

「獣人王の側近が元サヤ婚を願いまして」を手に取っていただき、ありがとうございます。稲月しんと申します。

こちらは「獣人王のお手つきが身ごもりまして」という作品のスピンオフとなっております。

前作でラインというキャラは数ページしか登場してはなかったのですが、なにかあるだろうなという含みを持たせたシーンでした。気にしていた方もいらっしゃるのではないかと思います（きっといるはず！）。こうしてお届けすることができて幸せです。

素直でないラインと適当なところもあるガスタの組み合わせは喧嘩も多い。恋愛に対して必死で、不格好で憎めない。そんなおじさんたちを楽しんでいただければと思います。

結婚もしていないラインがロイを引きとって育てた理由というのが、やっと書けたとほっとしました。もちろんロイを守るためではあるのですが、それだけでは適齢期の男性が子供を育てていく理由として弱いだろうなあと思っていたので。ロイの成長を見守っていくことは、ラインにとっても必要なことでした。

あとザウザをいっぱい出せたのも楽しかったです。彼は前作からのお気に入りです。まだ文字数いっぱい残ってる……。すみません、いつもギリギリのページ数であとがきが短いものばかりだったのでなにを書いていいのやら……!

大広間の少女の像についてですが、デルバイアという国を表すアイテムとして登場させました。少々欠点があっても笑って許せるような余裕のある優しい世界がいいなあ、と。やんちゃすぎるロアールもデルバイアでならのびのびと育っていくのではないかと思っています。これからも周囲を振り回していく予感しかございませんが、まだ0歳なので今後の成長に期待したいですね。

ロイとゼクシリアの結婚式も書くことができました。

結婚式ってやっぱり幸せの象徴みたいな気がします。ラインとガスタの結婚式もどこかで書きたいです。こっそりやりたがるラインと派手にしたがるガスタで揉めて、ガスタがサプライズ強行しそうですね。またロアールがリングボーイを……あ、リングはもうつけてますから、フラワーボーイにしましょうか。魔法で派手にやりそうです。

今回、再び柳先生にイラストを描いていただきました。前作とリンクするような花びら舞う表紙に、迫力ある虎ガスタ！　本当に素敵なイラストをありがとうございます。

眼鏡をかけているラインですが、実は当初、自分の中のイメージではかけておりませんでした。前作のイラストラフのときに、なんと眼鏡をかけていただいて（笑）。すごく素敵だったので、編集の方にどうするか聞かれたときに迷わずＯＫのお返事をいたしました。今のラインがあるのは柳先生のおかげです！

編集のＧ様。また色々と助けていただきありがとうございます。

最後になりましたが、前回の「ヤクザの愛の巣に鎖で繋がれています」の発売が二〇二〇年五月というコロナ自粛の真っ只中でのことでした。その時に比べれば少し状況はよくなっているのかもしれませんが、この冬、先行きは想像できません。対策はしすぎることはないと思います。

みなさま、お体に気をつけてお過ごしください。一日も早く、幸せな日常生活が戻ってくることを祈っています。

稲月しん

本作品は書き下ろしです

稲月しん先生、柳ゆと先生へのお便り、
本作品に関するご意見、ご感想などは
〒101-8405
東京都千代田区神田三崎町2-18-11
二見書房　シャレード文庫
「獣人王の側近が元サヤ婚を願いまして」係まで。

獣人王の側近が元サヤ婚を願いまして

2021年1月15日初版発行

【著者】稲月しん

【発行所】株式会社二見書房
東京都千代田区神田三崎町2-18-11
電話　03(3515)2311[営業]
　　　03(3515)2314[編集]
振替　00170-4-2639
【印刷】株式会社 堀内印刷所
【製本】株式会社 村上製本所

落丁・乱丁本はお取り替えいたします。
定価は、カバーに表示してあります。

ISBN978-4-576-20200-6

https://charade.futami.co.jp/

今すぐ読みたいラブがある!

稲月しんの本

ガキみたいに、一日中お前を犯すことばかり考えていた

ヤクザから貞操をしつこく狙われています

イラスト＝秋吉しま

顔だけは超絶にいい普通の大学生・秋津比呂が目覚めると柏木と名乗るヤクザがいた。ホテル、全裸、記憶なし。逃げを決め込む比呂だったが、実に楽しげな柏木に先回りされその手に落ちてしまう。悔しいほどに男前で、ヤクザのくせに笑うと意外に可愛いエロ親父。簡単に囁かれる愛の言葉に流されそうになるが…。

今すぐ読みたいラブがある!

朝香りくの本

細い腰に、尻尾がぽわぽわと揺れて……なんて愛らしいんだ

崇愛のもふもふ
～狼皇子はウサギ王子を愛でたい！～

イラスト＝秋吉しま

王子でありながらも、国同士の契約によってマナガルム帝国に移り住んだフレイ。第二皇子であるハガルと再会した途端、厚遇され想定外に溺愛されてしまう。あまりの勢いに戸惑ったけれど、フレイはハガルの気持ちが嬉しかった。しかし、ある特別な満月の夜。獣のように荒ぶるハガルに強引に抱かれて…!?

◉新人作品**大募集**◉

マドンナメイト編集部では、意欲あふれる新人作品を常時募集しております。採用された作品は、本人通知のうえ当文庫より出版されることになります。

【応募要項】未発表作品に限る。四〇〇字詰原稿用紙換算で三〇〇枚以上四〇〇枚以内。必ず梗概をお書き添えのうえ、名前・住所・電話番号を明記してお送り下さい。なお、採否にかかわらず原稿は返却いたしません。また、電話でのお問い合せはご遠慮下さい。

【送付先】〒一〇一-八四〇五 東京都千代田区神田三崎町二-一八-一一 マドンナ社編集部 新人作品募集係

肛悦家庭訪問(こうえつかていほうもん) 淫虐の人妻調教計画(いんぎゃくのひとづまちょうきょうけいかく)

二〇二二年 九 月 十 日 初版発行

著者◉阿久根道人【あくね・みちひと】

発行◉マドンナ社
発売◉二見書房
東京都千代田区神田三崎町二-一八-一一
電話 〇三-三五一五-二三一一（代表）
郵便振替 〇〇一七〇-四-二六三九

印刷◉株式会社堀内印刷所 製本◉株式会社村上製本所 落丁・乱丁本はお取替えいたします。定価は、カバーに表示してあります。

ISBN978-4-576-22122-9◉Printed in Japan